reinhardt

Helen Liebendörfer

Die einsame Nachtigall

Meister Konrad
von Würzburg in Basel

Historischer Roman

Friedrich Reinhardt Verlag

MIX
Papier | Fördert gute Waldnutzung
FSC® C110508
FSC www.fsc.org

Projektleitung: Claudia Leuppi
Korrektorat: Daniel Lüthi
Cover: Siri Dettwiler
ISBN 978-3-7245-2813-5

Verlag: Friedrich Reinhardt AG, Rheinsprung 1,
4051 Basel, Schweiz, verlag@reinhardt.ch
Produktverantwortliche: Friedrich Reinhardt GmbH,
Wallbrunnstr. 24, 79539 Lörrach,
Deutschland, medien@reinhardt-medien.de

Der Friedrich Reinhardt Verlag wird vom Bundesamt für Kultur mit einem Strukturbeitrag für die Jahre 2021–2025 unterstützt.

www.reinhardt.ch

Von Wirzeburc ich Cuonrât
Gibe iu allen disen rât,
daz ir die werlt lâzet varn,
welt ir die sêle bewarn.

Von Würzburg ich Konrad
Gebe euch allen diesen Rat:
Dass ihr die Welt lasset fahren,
wollt ihr die Seele bewahren.

Schlussvers aus *Der Welt Lohn*

Vorwort

Konrad von Würzburg (um 1225–1287) gehörte zu den berühmtesten Dichtern seiner Zeit. Er lebte die letzten siebenundzwanzig Jahre seines Lebens in Basel und schuf hier einen Grossteil seiner Werke. Doch keine Gedenktafel und auch kein Strassenname erinnert heute an ihn. Konrad schuf im Auftrag des Basler Adels ein umfangreiches, vielfältiges, sprachlich virtuoses Werk. Für die nachfolgenden Meistersinger galt Konrad als einer der «Zwölf alten Meister», deren Kunst den Meistersang begründet haben. Er dichtete Tausende von Versen, geschrieben auf Pergament, denn Papier gab es damals in Basel noch nicht.

Konrad wurde vor achthundert Jahren in Würzburg geboren. Wie bei vielen mittelalterlichen Dichtern ist der Namenszusatz «von Würzburg» kein Adelsprädikat, sondern die Herkunftsbezeichnung. Etwa seit 1260 muss Konrad in Basel tätig gewesen sein, denn er nennt in seinen Werken Gönner, die damals in der Stadt lebten. Zu seinen Basler Auftraggebern gehörten einflussreiche, wohlhabende Leute, welche die höfische Dichtung schätzten und förderten, so wie sie schon während hundert Jahren vor allem an den grossen Höfen gepflegt wurden. Ein Autor jener Zeit versuchte mit seinen Vers-Romanen möglichst die Eloquenz der antiken Schriftsteller wie Vergil, Horaz oder Ovid zu erreichen. Als

Vorbild nennt Konrad auch mehrmals Gottfried von Strassburg. Konrad schuf eine grosse Zahl von Werken unterschiedlicher Gattungen, darunter das Marienlobgedicht *Die goldene Schmiede* und den grossen Vers-Roman *Trojanerkrieg*. Während der Arbeit an diesem Werk starb Konrad von Würzburg. Die Anniversarienbücher des Basler Münsters, welche die Gedächtnisfeiern für Tote verzeichnen, meldet eine von Konrad von Würzburg auf den 31. August 1287 gestiftete, jährlich zu lesende Messe für sein Seelenheil und das seiner Frau Berchta sowie seiner beiden Töchter Gerina und Agnes. Laut diesem Eintrag war die Familie in der Maria-Magdalena-Kapelle des Münsters begraben. Zeugnis seines Wirkens in der Stadt ist auch eine Basler Urkunde von 1295, die einen Rechtsstreit um ein Haus an der Spiegelgasse – heute Augustinergasse – regelt, das neben dem Haus lag, das Konrad von Würzburg gehörte.

Im Roman wird sorgfältig den Umrissen der historischen Person des Dichters Konrad von Würzburg in Basel gefolgt – es handelt sich dabei vor allem um seine Werke, die hier entstanden –, verwoben mit den gleichzeitig in der Stadt lebenden Auftraggebern und den geschichtlichen Ereignissen jener Jahre, der Wahl Rudolf von Habsburgs zum König und die gleichzeitige Belagerung der Stadt Basel, der Geschichte mit dem Galgen sowie dem Tod von Königin Gertrud Anna. Die Stadtmauer umfasste damals rund sieben- bis achttausend Einwohnerinnen und Einwohner. Mitgezählt sind dabei auch die Aussenseiter, also alle, welche ausserhalb der schützenden Mauer wohnten, wie die Dirne Lioba. Sie und ihr Umfeld sind gänzlich erfunden, um auch andere Gesellschaftsschichten miteinzubeziehen.

Helen Liebendörfer

1. Kapitel

Dô spürte er daz ein wîzer swan
flouc ûf dem wazzer dort herdan
und nâch im zôch ein schiffelîn
an einer keten silberîn,
diu lûter unde schône gleiz.

Da bemerkte er einen weissen Schwan,
der über dem Wasser heranflog
und ein kleines Schiff hinter sich her zog
an einer silbernen Kette,
die hell und strahlend glänzte.
(Der Schwanritter)

Er traute seinen Augen nicht. War das Wirklichkeit oder Sinnestäuschung? Das Bild schwebte so plastisch vor seinen Augen, dass er ganz verwirrt auf den Rhein blickte. Kam da tatsächlich ein edler Ritter in einem Nachen hochgefahren, gezogen von einem weissen Schwan an einer silbernen Kette? Konrad von Würzburg stand am Fenster an der Spiegelgasse[1] in Basel, nicht weit entfernt vom Münster, und schaute von oben auf das ruhig dahinziehende Wasser. Wie von einer unsichtbaren Hand geleitet strömte es vorbei, gewaltig,

[1] Heute Augustinergasse

unaufhörlich. Er liebte diesen Blick, er inspirierte und beruhigte ihn. Wenn er lange darauf starrte, erloschen alle Sorgen, auch das Ringen um einen passenden Reim, den er im Moment verzweifelt suchte. Er war dabei, eine Erzählung über den *Schwanritter* zu beenden, eine Geschichte, die ihn faszinierte, seit er sie zum ersten Mal gehört hatte. Den Auftrag dazu hatte er noch auf seinem Weg nach Basel erhalten. Ihn lockte das Rätselhafte und Unvorhersehbare der Handlung, die er mit seinen Versen nicht neu erfinden, aber neu wachsen lassen und wieder zum Blühen bringen konnte. Er beschäftigte sich so sehr damit, dass er jetzt tatsächlich meinte, einen Ritter auf dem Rhein zu sehen, den geheimnisvollen Ritter, dessen Frau niemals nach seinem Namen fragen durfte, weil er sich sonst für immer von ihr trennen musste. Weit über tausendfünfhundert Verse hatte Konrad schon verfasst und dem Schreiber diktiert, ausführlich die Gerichtsszene und den Zweikampf geschildert, den der sagenhafte Ritter gewonnen hatte, dann die Heirat und die unvermeidliche Tatsache, dass die Frau schliesslich doch Herkunft und Namen ihres Ritters erfahren wollte. Im Moment beschäftigte Konrad die Frage, ob er den Namen des Schwanenritters überhaupt nennen sollte oder ob es der Geschichte nicht besser täte, ihn konsequent wegzulassen. Die Frau sollte den Ritter nie danach fragen – wurde die Erzählung dadurch nicht noch spannender, wenn es der Lesende auch nicht erfuhr?

Konrad blickte hinüber zur Rheinbrücke, dieses grossartige, neue Bauwerk, das für die Stadt so wichtig geworden war, denn rheinabwärts gab es keinen festen Rheinübergang mehr. Ein Teufelswerk! Konrad bewunderte die Idee und Ausführung. Auf der Kleinbasler Seite mit steinernen Pfeilern, auf der Grossbasler Seite mit hölzernen Pfählen verankert. Teuer sei es geworden, hatte er sich sagen lassen. Der Bauherr, Bischof Heinrich von Thun, habe trotzdem an der Idee festgehalten und einen Kredit bei einem Juden aufgenommen und als Pfand den Münsterschatz hinterlegt, samt der prachtvollen goldenen Altartafel. Konrads Augen ruhten auf den vielen, schmalen Häusern von Kleinbasel, um das man ebenfalls eine Mauer gezogen hatte, um die wertvolle Brücke auch auf dieser Seite zu schützen. Es wohnten hauptsächlich Bauern, Fischer und Rebleute dort, welche gerne in den Schutz der neu erstellten Mauer gekommen waren. Die Gassen, rasterartig angelegt aus gestampftem Lehm, konnte man von gegenüber nur erahnen. Die Spitzen der beiden Stadttore vermochte er jedoch gut zu sehen. Dahinter erstreckte sich ein weites Gelände, hauptsächlich mit Reben bepflanzt, sowie die unendlich scheinenden Hügel und dunklen Wälder des Schwarzwalds.

Konrads Augen verfolgten einen Reiter, der über die Brücke ritt, wie er den zu Fuss gehenden Leuten elegant auswich, Bauern mit Ochsenkarren, Handwerkern, Händlern und Mägden auf einem Botengang. Der Weg führte geradeaus weiter zum Rathaus und dem Kornmarkt[2]. Die Becherer, welche die hölzernen Becher herstellten, die Tuchscherer, aber auch die Sporer, Sattler und Sarwürker, die Hersteller der Kettenpanzer, waren dort herum tätig. Entlang des kleinen Flusses Birsig und dem schmalen Birsig-Kanal hatten sich die Gerber angesiedelt. Der gesamte Fleischverkauf erfolgte in der School, die über dem Birsig gelegen war, damit die Abfälle direkt entsorgt werden konnten. Hohe Wohntürme prägten das Stadtbild, die Behausungen der Adligen waren nicht zu übersehen. Überall sah man Hühner herumspazieren, Miststöcke befanden sich vor einzelnen Häusern, deren Ställe hinter den Gehöften zu finden waren, denn die vielen Pferde der Adligen mussten untergebracht werden. Bis vor Kurzem hatte sich noch die Richtstätte auf dem Kornmarkt befunden, auch der Galgen – man wollte bewusst den Leuten ein abschreckendes Beispiel geben. Es war Gewohnheitssache, auf dem Platz Korn und Wein einzukaufen und dabei einen Gehängten am Galgen baumelnd zu erblicken. Nun hatte man sich entschlossen, diese Richtstätte nur noch für politische Verbrechen zu benutzen und die übrigen Verbrecher am neuen Galgen auf der Lyss zu hängen.

---

[2] Heute Marktplatz

Als die Dämmerung hereinbrach, wandte sich Konrad um und ging, immer noch in Gedanken versunken, hinüber zur Stube, welche gegen die Gasse hin gelegen war. Laufend mischten sich in seiner Fantasie Ritterkämpfe und Waffengänge, Jagdszenen und Liebschaften, und jeder Gedanke formte sich in seinem Kopf gleich zu Versen. Seine Frau Berchta meinte kürzlich, er könne gar nicht mehr normal reden.

«Ich kann nicht anders. Ich erfülle meine Aufgabe so wie die Nachtigall. Sie singt, weil sie singen muss. Und sie singt auch in der Einsamkeit, wenn niemand zuhört. So dichte auch ich notfalls nur für mich selbst, nächtelang und zur eigenen Freude.»

«Ach Kuonze, du meine einsame Nachtigall», meinte Berchta liebevoll und legte ihre Hand auf seinen Arm. Sie nannte Konrad gerne bei diesem Namen, auch er selbst schrieb manchmal Meister Kuonze von Würzburg. Er strich fast verlegen über seinen Rock. Unter der Woche pflegte er einheimisches, graues Tuch zu tragen. Bei Festlichkeiten war die Qualität erlesener, er liebte blaue Stoffe, die Beinlinge farbenfroh. Er war fünfunddreissig Jahre alt, blond, etwas hager im Gesicht, ein eifriger Frühaufsteher, denn sobald es hell wurde, war er auf den Beinen, begierig darauf, die Verse, die er nachts im Kopf gewälzt hatte, bei Tageslicht auf einer Wachstafel festzuhalten, um zu sehen, ob sie standhielten.

Gerina und Agnes, seine beiden kleinen Mädchen, sassen still am Tisch und lauschten begierig auf das, was die Eltern zusammen besprachen. Kinder mussten schweigen bei Tisch, und Mädchen sowieso. Frauen hatten stets demütig und bescheiden zu sein, das schärfte ihnen die Mutter jeden Tag ein. Der Vater brauchte seine Ruhe. Während Konrad eine Schüssel Suppe mit etwas Hammelfleisch darin zu sich nahm, neigte sich Berchta zu den Mädchen und erklärte leise:

«Im Vergleich zu den Amseln und Lerchen, die man überall singen hört, weil es so viele davon gibt, ist der Gesang der Nachtigall besonders geschätzt, denn sie singt sogar nachts, wenn alle schlafen. Aber Amsel, Lerche wie Nachtigall wurden von Gott geschaffen, um zu Seinen Ehren zu singen. Alle haben eine Aufgabe zu erfüllen, der Dichter genauso wie die Nachtigall und die Lerche.» Konrad nickte.

«So ist es. Und wenn ich die Verse im Kopf habe, kann ich sie dem Schreiber diktieren, und zwar so, dass er möglichst wenig Korrekturen anbringen muss auf dem kostbaren Pergament.» Berchta schaute ihn bewundernd an. Sie war eine gute, rechtschaffene Frau, ihr Gesicht mit schönen braunen Haaren umrahmt und mit geistsprühenden braunen Augen, in bürgerlicher Einfachheit gekleidet, immer etwas blass, denn sie kam selten an die frische Luft. Sie war stolz darauf, dass ihr Gatte ein angesehener Dichter war. Wichtige Leute gehörten zu seinen Auftraggebern, eine ganze Gruppe war es, einige Ratsherren und Leute aus dem Umkreis des Bischofs. Davon allein konnte Konrad jedoch nicht leben, er war noch in Verwaltungsfunktionen am bischöflichen Hof tätig.

«Hast du den *Schwanritter* nun endlich beendet?», fragte Berchta, «du weisst, ich liebe diese Geschichte, aber du schreibst jetzt schon sehr lange daran, nicht wahr?»

«Ja, es fehlt nur noch der Schluss, einige wenige Verse.»

«Wo die Frau trotz Verbot den Ritter nach dem Namen fragt?»

«Ja, ich überlege gerade, ob ich den Namen überhaupt verraten soll.»

«Natürlich möchte man den Namen erfahren. Ich kann die Frau so gut verstehen. Ich bin sicher, es war nicht nur Neugier, dass sie wissen wollte, wie ihr Ehemann heisst. Man muss doch auch wegen der Kinder eine Ahnung haben, wer die Vorfahren sind, das ist wichtig für deren standesgemässe Heirat, sie müssen ihren Platz in der Gesellschaft behaupten können.»

«Genauso begründet es auch die Frau in meinem Werk, in Versform natürlich.» Berchtas Neugier, die ihr keine Ruhe liess, hatte in Konrad den Entschluss nun endgültig gefestigt: Er würde den Namen des Ritters nicht verraten.

Augustinergasse 13: Vermutlich das Haus von Konrad von Würzburg

Die Dirne Lioba raffte ihren Rock und stieg vom Barfüsserplatz aus rasch das schmale, dunkle Gässlein hoch zum Friedhof der Leonhardskirche. Mit ihren nackten Füssen huschte sie über den gestampften Boden, froh, dass es längere Zeit nicht geregnet hatte, sodass der Aufstieg problemlos ohne Rutschen zu bewältigen war. Einige wenige Schwellen und Grasbüschel halfen dabei. Oben angelangt, blieb sie einen Moment stehen, um Atem zu holen, warf einen Blick hinüber zum Münster mit seinen Türmen – an einem wurde gerade gebaut, fünf sollten es werden. Es zeigte deutlich, dass dort ein wohlhabender Fürstbischof residierte und rings um den Münsterplatz seine Domherren. Sie selbst verirrte sich selten dorthin, der geistliche Bezirk war nicht ihre Welt. Das hiess aber keineswegs, dass sie nicht einige der Herren persönlich kannte. Ziemlich viel Schlimmes habe ich bei der Geistlichkeit erlebt, weit entfernt waren da Frömmigkeit und Andacht, nur eitel Wollust, das vergelte ihnen Gott, dachte sie. Während sie auf die Schindeldächer der Handwerkshäuser im Tal entlang des kleinen Flusses Birsig blickte, in welchen fleissig gearbeitet wurde, überlegte sie stolz: Viele sind meine Kunden, Geistliche, Handwerker, Adelige, Diener und Knechte. Allerdings wusste sie, dass es bei der herrschenden Regel kein Wunder war, denn man durfte nur bei genügend Verdienst heiraten. Höchstens für ein Drittel der Bevölkerung gab es damit die Chance einer Eheschliessung.

«Was habt Ihr hier zu suchen? Das ist kein Ort für Leute wie Euch», hörte sie eine barsche Stimme hinter sich. Sie drehte sich erschrocken um und erblickte einen der Chorherren des Leonhardstifts, schon sehr angegraut. Er musterte sie unfreundlich und mit schmalen Augen. Lioba war sofort klar, dass sie diesen alten Mann nicht bezirzen konnte, obwohl sie wusste, dass der Unterschied zwischen einem Kloster und einem Chorherrenstift unter anderem darin bestand, dass die Chorherren kein Gelübde ablegen mussten, keusch zu leben.

«Seid gegrüsst. Ich muss nur etwas Atem holen, ich gehe gleich weiter», beeilte sie sich zu versichern. Sie hatte tatsächlich nichts verloren hier. Auf dem Friedhof der Leonhardskirche ruhten lauter ehrbare Bürger. Für sie und alle Aussenseiter war die Bestattung nur bei der kleinen Elisabethenkapelle auf der gegenüberliegenden Talseite vorgesehen.

«Am liebsten würde man uns ganz verdrängen und in der Stadt nirgends mehr dulden», murmelte Lioba leise, «aber man braucht uns Dirnen, genauso wie die Kloakenreiniger und Totengräber, ja selbst die Bettler, weil die Leute ihnen etwas Gutes tun und Barmherzigkeit ausüben können.» Der Chorherr hielt die Hand an sein Ohr und fragte erbost:

«Redet lauter, Weib. Was habt Ihr gesagt?» Lioba blickte ihn herausfordernd an. Eine ehrbare Dame schlug ihren Blick nieder, sie aber schaute dem Chorherrn ins Gesicht und erwiderte stolz: «Ich weiss, dass ich zu den Aussenseitern zähle, nicht nur die Wanderhuren, auch Dirnen wie ich, mit einem festen Wohnsitz in einem Freudenhaus.» Der Mann verschränkte seine Arme und musterte sie von oben bis unten. Lag doch ein Zug von Begehrlichkeit in seinen Augen?

«Also, worauf wartet Ihr noch? Ihr habt sicher schon davon gehört, dass die Toten im Grab keine Ruhe finden, wenn man sie stört. Sie kehren dann auf die Erde zurück, um die Störenfriede zu bestrafen und sich zu rächen.» Lioba blickte ihn entsetzt an, zuckte dann mit den Schultern und lief weiter. Die Drohung steckte sie nicht so leicht weg, aber der Chorherr brauchte es nicht zu merken. In ihrer Fantasie sah sie schon die Hände der Toten, wie sie sie aus ihren Gräbern herausstreckten, um sie bei den Knöcheln zu packen und zu sich herabzuziehen, oder wie sie zusammen tanzten oder Geistermessen feierten. Sie lief rascher. Alle sind stets darauf bedacht, ihren guten Ruf nicht zu verlieren, wollen gute Nachbarn und fromme Christen sein, dachte sie und schüttelte leicht angewidert den Kopf. Dabei kenne ich eine andere Seite, die dunkle, geheime, die Begierde, die alle Regeln ausser Kraft setzt, um zum Ziel zu kommen. Sie warf beim Weitergehen einen Blick auf die Gräber auf dem Friedhof. «Nicht nur im Tod sind alle gleich», murmelte sie trotzig, «auch im Leben gibt es Gegebenheiten, wo man keinerlei Unterschied bemerkt, weder bei jung noch alt, reich oder arm, Bürger oder Aussenseiter.»

Hinter der Leonhardskirche führte die Stadtmauer entlang. Dahinter, auf der Lyss in der Nähe des Kohlenbergs ausserhalb der schützenden Mauer, hauste Lioba, zusammen mit den anderen Aussenseitern, allen voran dem «Meister vom Berg», wie man den Henker nannte. Geheimnisumwittert und unheimlich war seine Gestalt, er wurde von allen gemieden. Er stand auf der untersten Stufe aller unehrlichen Berufe, denn seine Tätigkeit umfasste das Hängen an den Galgen, Enthaupten, Rädern, Vierteilen, Pfählen und vieles mehr. Lioba schauderte.

«Du darfst ihm niemals die Hand reichen», hatte man ihr schon als Kind eingeschärft, «auch im Wirtshaus sitzt er an einem separaten Tisch, und beim Abendmahl in der Kirche darf er erst als Letzter hinzutreten.» Lioba hatte sich darangehalten und das Haus des Henkers auf dem Kohlenberg stets gemieden. Während sie nun vor ihrer Unterkunft stand, erblickte sie in der Ferne das Margarethen-Kirchlein auf dem Hügel, schwach erkennbar im blassen Nebel, dem ersten in diesem September. Vor ihrer Herberge scharrten ein paar Hühner am Boden, gegenüber befand sich der feuchte Stadtgraben und die hohe Stadtmauer, abwehrend und trutzig. Ganz klar, wir Dirnen müssen draussen bleiben, dachte sie wiederum. Dabei war sie hübsch, ein schlankes, junges Weib mit schwarzem Haar, dunklen Augen, weichen Lippen und einer gesunden Gesichtsfarbe. Sie war von launenhaftem Temperament, was ihr hin und wieder Probleme bereitete, weil sie den Mund nicht halten konnte. Vor anderen hat man Achtung, obwohl sie eigensinnig und selbstsüchtig sind oder übelgelaunt und frech, aber als Dirne bin ich nicht genehm. Deshalb ist es nutzlos, wenn ich versuche, eines Menschen Gunst zu erringen, dachte sie trotzig. Es war eine geordnete Welt mit klarer Gesellschaftsordnung, eine Welt ohne Hast, aber voller Unsicherheiten, Kriegen, Krankheiten, Überschwemmungen, Dürren und Hungersnöten.

«Gott hat das gemeine Volk erschaffen, um zu arbeiten, und Gott wollte, dass Ihr eine Dirne seid», hatte der Priester einmal bei der Beichte erklärt, als sie sich über ihr Schicksal beklagt hatte, und hinzugefügt: «Und was Gott will, das ist gut.» Es war klar, dass das Wirken Gottes jedem Ding seinen Platz zuwies und seine Bestimmung festlegte. Lioba wusste, die Welt bestand aus drei Lebensformen: der Geistlichkeit, den Rittern und den Arbeitern. Sie gehörte damit zu den Arbeitern und versuchte, nicht mehr zu hadern und ihr Los zu akzeptieren. Sünden beichtete sie stets getreu, es waren nicht wenige. Dann fing sie meist an zu seufzen und in Tränen auszubrechen, die ihr, wenn sie wollte, immer reichlich zur Verfügung standen, um nicht allzu viele Ave-Maria und Vaterunser beten zu müssen.

Die Häuser auf der Lyss waren unfreundliche Gebäude, klein, unscheinbar, mit einem Hof auf der Rückseite. Dort befand sich meist ein Hühnerhaus, aber auch der Abort mit einer tiefen Grube. Vor dem Haus floss ein Abwasserrinnsal in der Mitte der Gasse – das Wasser lief allerdings nur, wenn es stark geregnet hatte. Es war meist verschlammt und roch unangenehm. Lioba trat rasch ins Haus. Die Unterbringung der Dirnen war sehr einfach. Ebenerdig die verrauchte Küche, ein kahler, schmuckloser Raum mit einer Bank sowie einer Feuerstelle mit aufgeschichteten Steinen, der Boden aus festgestampftem Lehm, die Wände aus rohen Balken und mit Flechtwerk versehen. Von da aus führte eine schmale Treppe in den oberen Stock, ähnlich einer Hühnerleiter. Dorthin ging sie mit ihren Freiern. Im gleichen Stockwerk wohnte auch der Frauenwirt Burchhard von Aesch, damit er stets die Kontrolle darüber haben konnte, wer ein- und ausging. Er war ein mürrischer Mensch, arbeitsscheu und Ausschweifungen ergeben. Er lebte von den Zahlungen der Freier, die Dirnen durften nur einen kleinen Teil behalten. Unten, hinter der Küche, befand sich noch ein enger, niedriger, schäbiger Schlafraum mit vier Strohlagern auf dem gestampften Lehmboden, damit hatten sich Lioba und ihre drei Kolleginnen je eine kleine private Ecke geschaffen. Viel besass keine. Sie kannten sich, waren aber auch Konkurrentinnen, deshalb pflegten sie nur einen lockeren Kontakt untereinander. Krach gab es trotzdem hin und wieder, denn sie lebten nah aufeinander und jede hatte ihre Eigenarten. Sie teilten den

Raum mit einigem Ungeziefer, einer Unzahl von Flöhen und Läusen, auch Spinnen und Ameisen gehörten dazu. Manchmal plagten sie die vier Frauen, sodass sie kaum Schlaf fanden. Der Raum war kahl und schmucklos, dumpf und düster, und es roch unangenehm, denn er hatte kein Fenster, dafür gab die Feuerstelle in der Küche stets etwas Wärme ab.

Lioba entdeckte die seltsame, kleine Gestalt, die ihr angsterfüllt entgegenblickte, sofort. Was hatte dieses Kind hier zu suchen? Das bleiche Gesicht mit gross aufgerissenen Augen, sonst bewegungslos, wie erstarrt, erinnerte Lioba an sich selbst. Genauso hatte sie einst als Kind auch Unterschlupf gesucht, weil niemand sie wollte, kein Mensch zu ihr geschaut hatte, als die Mutter nach wochenlangem Fieber gestorben war. Der Gedanke daran stimmte sie milde.

«Was tust du hier?», fragte sie trotzdem streng. Das Kind schwieg, doch der Blick zeigte Angst, aber auch Niedergeschlagenheit und Erschöpfung. «Hast du Hunger?», fragte Lioba weiter und holte einen leicht angefaulten Apfel aus ihrer Tasche, den sie am Barfüsserplatz am Boden gefunden hatte. Wahrscheinlich hatte ihn jemand den Schweinen füttern wollen. Das Kind griff sofort danach und begann ihn zu verschlingen, heisshungrig und argwöhnisch, weil es damit rechnete, dass man ihn wieder wegnehmen könnte. Lioba kam es vor wie ein ängstliches, wildes Tier.

«Ich bin Lioba. Und wie heisst du?»

«Lisa», antwortete das Kind leise und sank wieder auf das Stroh, nachdem der Apfel ganz aufgegessen war, müde und entkräftet. Lioba betrachtete nachdenklich das Häufchen Elend und nickte.

«Gut, Lisa, du kannst heute Nacht hier schlafen. Morgen sehen wir weiter, dann erzählst du mir, woher du kommst und warum du hier bist.» Sie war nicht sicher, ob das Kind den Satz noch mitbekommen hatte, es war erschöpft eingeschlafen.

Lioba kehrte in die Küche zurück. Sie wusste, sobald es dämmerte, würden die ersten Freier erscheinen, möglichst darauf bedacht, dass man sie nicht erkennen konnte, wenn sie das Haus betraten. Schande und Verlust der Ehre treffen nur solche Handlungen, welche bekannt werden, doch was heimlich geschehen kann, das tun sie alle, dachte Lioba. Sie wärmte eine Suppe mit ein paar jämmerlichen Knochenresten in einem Topf. Die Feuerstelle befand sich auf dem Boden, ringsum mit Steinen zusammengehalten. Es war wichtig, stets eine Glut zu erhalten, damit man nicht neu Feuer schlagen musste mit dem Feuerstein und Zunder. Lioba legte etwas Holz nach, Rauch füllte bald die Küche, er zog nicht rasch genug ins Freie, denn es gab keinen Abzug. Sie begann zu essen. Sie war sehr froh, zu den sesshaften Dirnen zu zählen und nicht ständig den Aufenthalt wechseln zu müssen, dorthin, wo ein Markt oder kirchlicher Feiertag stattfand, um viele Leute anzutreffen. Die ewige Suche nach einer Unterkunft, nach Kundschaft, nach etwas Essbarem – sie hatte lange genug darunter leiden müssen. Der Hurenwirt dieses Hauses hatte sie auf der Strasse gesehen und ihr angeboten, in sein Freudenhaus zu ziehen, nicht ohne entsprechende Gegenleistung natürlich. Sie hatte die Gelegenheit beim Schopf gepackt und zugesagt, solange sie noch jung war. Mit ihren etwa achtzehn Jahren – so genau wusste sie es nicht – war sie gefragt. Die täglichen Einnahmen stimmten den Wirt freundlich. Später, wenn sie älter würde, musste sie sehen, wie sie sich über Wasser halten konnte.

Am nächsten Morgen, als die Hornstösse der Turmwächter vom Martinsturm und vom Münster ertönten, und das erste Morgengrau sich ankündigte, weckte Lioba ihren Freier, bevor andere Frühaufsteher merkten, wer bei ihr gewesen war, denn es war Fastenzeit, während der man auch sexuell enthaltsam leben sollte. Der Kunde war ein lang gewachsener, recht einfältiger Bengel, viel grösser als sein Verstand. Als er gegangen war, entdeckte sie, dass sich das Kind aus dem Staub gemacht hatte. Es überraschte sie nicht. Vermutlich fehlte auch etwas Suppe, aber so genau erinnerte sie sich nicht daran, wie viel im Topf gewesen war und ihre Kolleginnen hatten sicher auch noch davon gegessen. Die beiden anderen Frauen, Ida und Mechthild, schliefen bereits in ihren Ecken, die Dritte, Rosa, war noch im oberen Stock. Lioba legte sich auf ihren Platz im Stroh und schlief sofort ein.

Am folgenden Abend lag das Kind wieder im Stroh, fast unsichtbar, und hielt die Augen geschlossen. Aber Lioba wusste, dass es nicht schlief. Zornig rief sie:

«Wieso bist du wieder da, Lisa? Ich habe doch gesagt, nur eine Nacht.» Lisa öffnete die Augen und setzte sich auf.

«Wir gehen bald wieder», antwortete sie trotzig.

«Natürlich, länger als drei Tage dürfen Fahrende nicht hierbleiben. Aber wer ist wir, und warum bist du nicht bei ihnen?» Lisa sass mit gesenktem Kopf da, und er sank noch tiefer herab, als sie leise murmelte:

«Die Spielleute. Aber sie wollen nichts mit mir zu tun haben, weil ich rote Haare habe. Sie sagen, ich wäre das Kind eines Teufels.» Lioba betrachtete das Geschöpf, im halbdunklen Raum konnte sie die Haarfarbe nicht erkennen. «Sie geben mir fast nichts zu essen und … und … ich will auch nicht dort schlafen», ergänzte Lisa leise. Lioba begriff sofort.

«Ist da einer, der dir zu nahetritt?», fragte sie. Lisa nickte, verkroch sich ins Stroh und versteckte den Kopf unter den Armen. Lioba betrachtete das schmächtige Mädchen und seufzte. Sie kannte das alles, hatte sie es doch am eigenen Leib erfahren und über sich ergehen lassen müssen als Kind. Konnte sie etwas tun? Nein. Es war wie immer, niemand würde ihr glauben, ja ihren Worten kaum Beachtung schenken. Sie erinnerte sich an die Demütigungen, die Einsamkeit, das Verlorensein, die abgrundtiefe Verachtung der anderen. Unterdessen hatte sie sich damit abgefunden, es war der gewohnte Gang der Dinge, es bedrückte sie nur noch selten. Sie konnte Lisa nichts abnehmen, ihr nichts ersparen. Es gab keine Möglichkeit, diesem Schicksal zu entrinnen. Das Leben war und blieb ein Jammertal.

«Gut, du kannst die Nächte hier verbringen, bis ihr weiterzieht», schloss sie das Gespräch und begab sich in die Küche nebenan. Da stand ihre Kollegin Rosa, ein hübsches, blondes Weib, etwa zehn Jahre älter als Lioba. Im Feuerschein war deutlich zu sehen, dass sich ihr hageres Gesicht wütend verzogen hatte.

«Was soll das? Müssen wir jetzt noch fremde Gören durchfüttern? Die Suppe reicht gerade knapp für uns selbst.» Sie stand da und wärmte ihre Hände an der Glut des Herdes.

«Das Mädchen gehört zu den Spielleuten, die am Kohlenberg untergekommen sind. Es wird von ihnen misshandelt, vor allem nachts, du weisst schon.» Doch Rosa meinte mitleidlos:

«Was bringt es, wenn es ein paar Tage Ruhe hat? Gar nichts. Am besten, es gewöhnt sich daran. Es ist nun mal so, dass es den Mann zum Weibe zieht. Und einige zu Kindern. Pfui! Sie sagen, das wäre das Tier im Menschen. Und rothaarig ist das Gör auch noch, willst du uns den Teufel ins Haus holen?»

«Wichtiger ist, dass niemand bemerkt, dass wir jemanden hier haben, der nicht dazugehört.» Rosa unterdrückte nur mit Mühe einen Husten und meinte:

«Ida und Mechthild wissen es schon. Und der Hurenwirt wird dich trotzdem behalten, du bist sein besonderer Schatz, so viele Freier wie du hat keine von uns. Und er will ja auch immer etwas von dir.» Lioba hob empört das Kinn, ihre Augen sprühten. Rosa war eifersüchtig, herzlos und ungerecht.

«Was kann ich dafür, dass er mich bevorzugt? Obwohl, sechs von siebenmal weiss er nicht, was und wen er will.» Zugegeben, Rosa war weniger attraktiv, der Busen war zu flach, der Hintern ebenso, einzig ihr blondgelockter Kopf, ihre grossen blassen Augen, die fein gezeichneten Wimpern und ihr sinnlicher Mund waren verlockend, die wenigen Zähne allerdings standen recht unregelmässig im Mund. Da trat ein gutgekleideter Fremder in die Küche und musterte sie beide. Er war von schöner Gestalt, ein edler Recke, etwa vierzig Jahre alt, geschmackvoll gekleidet. Er deutete auf Lioba und verlangte barsch: «Gehen wir hinauf.» Lioba drehte sich wortlos um und ging dem Mann voraus. Rosa rief murrend, aber kategorisch hinterher: «Morgen ist das Gör aber verschwunden!»

Doch es war nicht weg. Rosa schrie Lioba wütend an.

«Nun reicht es aber! Bring das Kind ins Steinenkloster zu den Reuerinnen. Die werden auch eine Dirne wie dich empfangen. Die Schwestern sollen selbst gefallene Mädchen sein und andere reuige Sünderinnen gerne aufnehmen.»

«Ich bin aber nicht reuig. Wie kommst du darauf? Ich will trotzdem versuchen, Lisa dort unterzubringen.» Sie zögerte einen Moment und fügte hinzu: «Hoffentlich meint man nicht, es sei mein Kind, dem ist ja nicht so.» Rosa lachte spöttisch:

«Schau doch, wie alt das Gör ist, sicher zehn Jahre alt, das kann ja gar nicht von dir sein. So viel werden die Nonnen wohl noch rechnen können. Hauptsache, sie nehmen es bei sich auf.»

«Und lassen mich wieder gehen», ergänzte Lioba. Doch Rosa meinte verdrossen:

«Ich wünschte, sie würden dich behalten. Man sagt doch, diejenigen dienen Gott am besten, die den Lockungen dieser Welt am weitesten entfliehen.» Lioba griff Halt suchend an ihren Hals, denn dort hing ihr Amulett, das sie streng hütete, ein Bernstein, nicht sehr gross, aber kostbar. Sie hatte das Amulett von ihrer Mutter erhalten, kurz bevor diese gestorben war. Es war ein Geschenk ihres unbekannten Vaters. Ihre Mutter hatte selbst sterbend nicht verraten, wer ihr Vater war, nur, dass er nicht von niederem Stand gewesen sei. «Du darfst den Stein nie ablegen, er wird dich beschützen, er hält alle Teufel fern», hatte die Mutter geflüstert. Lioba schluckte. Rosa mit ihren Vorahnungen war ihr oft unheimlich, es schien ihr besser, rasch das schützende Amulett zu berühren. Obwohl die Kirche für alle möglichen Unglücksfälle und Ängste Hilfe anbot mit den vielen Heiligen, glaubte Lioba wie alle anderen Leute trotzdem auch an Dämonen, Geister und böse Verwünschungen. Sie war fest überzeugt von der Wirksamkeit übernatürlicher Kräfte. Da man den vielen unerklärlichen Einflüssen hilflos ausgeliefert war – und als Dirne noch besonders stark –, half das schützende Amulett, ihre Ängste auf ein erträgliches Mass zu reduzieren. Der Gedanke, in ein Kloster zu gehen, lag ihr ganz fern. Doch auch das Kind weigerte sich, als Lioba ihm eröffnete, sie wolle es ins Kloster bringen.

«Ich weiss, ihr wollt mich loswerden. Das sollt ihr haben. Ich bin gleich weg und verschwunden», rief es in finsterer Verzweiflung, «und, dass du es gleich weisst: Die Spielleute wollten mich auch schon in ein Kloster bringen, in einen der neuen Bettelorden zu den Klarissinnen. Man nimmt mich aber nicht auf, weil ich keine Mitgift habe. Ich besitze nichts.» Lioba betrachtete das Kind, wie es barfuss vor ihr stand in seinem schmutzigen, zerfetzten Rock, den verfilzten roten Haaren, dem blassen Gesicht und mit Tränen in den Augen. Lisa tat ihr leid, sie fortzuschicken, empfand sie als ein peinigendes Gefühl, atembeklemmend. Doch das Leben war hart, das hatte sie selbst erfahren, das Kind musste es auch lernen. Etwas hilflos strich sie ihm über den Arm.

«Es gibt wohl zu viele Waisenkinder, die Klöster wären mit ihnen allen überfüllt. Es ist jetzt Zeit, dass du zurückgehst zu den Spielleuten, sie ziehen sicher gleich weiter. Nimm noch etwas Suppe, doch dann geh. Worauf wartest du noch?» Lisa sah den mitfühlenden Blick von Lioba nicht. Ausgehungert und ermattet verschlang sie mehrere Löffel Suppe. Als aber der ärgste Hunger gestillt war, bemerkte sie, dass es ein übelriechendes Gebräu war. Sie legte den Löffel langsam neben den Topf und schlich mit hängendem Kopf und ohne ein Wort zu sagen davon. Lioba fühlte sich sehr schlecht, sie hatte das Bedürfnis, sich vor sich selbst irgendwo zu verstecken, irgendwohin fliehen zu müssen. Die Hilflosigkeit lag ihr schwer auf dem Herzen, sie konnte Lisas Einsamkeit und Verlorensein zu gut nachfühlen. Als Kind hatte sie dieses Gefühl oft, Lisa hatte es wieder geweckt. Als Dirne ist man stets hilflos und einsam, aber daran kann man, ja muss man sich gewöhnen, dachte sie nicht zum ersten Mal. Sie riss sich zusammen, schaute sich in der Küche um, und die vertrauten schmutzigen, verrauchten Wände brachten sie in die Gegenwart zurück. Ich habe ein Dach über dem Kopf und meist genug zu essen – mehr kann man vom Leben nicht verlangen, dachte sie ergeben.

2. Kapitel

Sus kêrtes im den rucke dar:
der was in allen enden gar
bestecket und behangen
mit unken und mit slangen,
mit kroten und mit nâtern.

Nun kehrte sie ihm den Rücken dar,
der war an allen Enden gar
bedecket und behangen
mit Würmern und mit Schlangen,
mit Kröten und mit Nattern.
(Der Welt Lohn)

Der Richtplatz beim Rathaus war in die Nähe der Häuser vor dem Stadttor verlegt worden, der Vorstadt ze Spalen an der Ausfallstrasse zum Elsass. Der Basler Ratsherr Johann von Arguel, ein wohlhabender, einflussreicher und mächtiger Politiker mit viel Anhang im Volk, wollte den Galgen allerdings nicht in diesem Gebiet, da er dort mehrere Häuser besass.

«Ich möchte, dass der Galgen an einen anderen Ort versetzt wird, denn wer will schon in der Nähe eines Galgens wohnen?», fragte er erbost den Ritter und Bürgermeister Peter Schaler, als er ihm in der Freien Strasse begegnete, beide hoch zu Ross, denn nur das Volk ging zu Fuss – Handwerker, Mägde und Bauern. Die Wege waren oft recht aufgeweicht bei Regen, denn mit Steinen gepflastert waren sie nicht. Peter Schaler, der seine Worte sorgfältig abwog, blickte Johann von Arguel erstaunt an.

«Nun, am Kornmarkt wohnten auch einige Leute in der Nähe des Galgens, oder nicht?»

«Das war ebenfalls unangebracht. Stellen wir den Galgen doch weiter entfernt von der Stadt auf, vielleicht an den stark begangenen Weg nach St. Jakob, damit das abschreckende Beispiel trotzdem Wirkung zeigt, und er auch weiterhin ein sichtbares Symbol für die Rechtsgewalt der Obrigkeit bleibt.»

«Jetzt steht er auch an einem oft benutzten Ort, am Weg nach dem Elsass, das ist die richtige Stelle.»

«Da bin ich anderer Meinung. In den Häusern vor dem Stadttor arbeiten Wagner und Schmiede, sie werden mich alle unterstützen, auch der Wirt Nordwin und sicher auch die Klarissen des Klosters Gnadental, welche dort hausen.»

«Fehlen noch die Juden auf dem Friedhof zwischen dem Garten von St. Peter und dem Kloster Gnadental, ich denke allerdings, dass sie kaum Anstoss daran nehmen», spottete Schaler, «und die Huren auf der Lyss haben ebenfalls nichts zu melden.»

«Ich werde das Anliegen direkt dem Bischof unterbreiten, er wird ein Einsehen haben.»

«Oder Euch die Augen ausreissen.» Arguels Gesicht nahm unwillkürlich einen unzufriedenen Ausdruck an. In der städtischen Politik vertrat Peter Schaler stets die Rechte des Adels gegenüber der Volkspartei, deren Anführer Johann von Arguel war, ein ihm ebenbürtiger Gegner.

«Die Adligen und geistlichen Herren berührt es natürlich wenig, wo der Galgen steht, weil sie nicht direkt davon betroffen sind. Aber die Bürger haben auch ihre Vorstellung von einem anständigen Leben.»

«Ihr wohnt doch hier an der Freien Strasse. Was kümmert es euch, was vor der Mauer vor sich geht?»

«Wie ich schon sagte, meine Häuser dort verlieren dadurch an Wert. Aber Vernunft und Politik gehen selten die gleichen Wege. Ich meine, die Leute, die in der Vorstadt leben, gehören schliesslich auch zur Stadt, auch wenn sie vor der Stadtmauer wohnen.»

Peter Schaler grinste.

«Wisst ihr nicht, dass Hausherr und Sau im selben Hause wohnen, aber überaus unterschiedlich gehalten werden?», entgegnete er scharf und die Umstehenden, welche den Disput gespannt verfolgt hatten, brachen in schallendes Gelächter aus. Johann von Arguel ballte die Faust und riss sich zusammen. Natürlich war diese Bemerkung geistreich, aber sie ärgerte ihn sehr. Peter Schaler war nicht umsonst Bürgermeister geworden, er hatte grosses rednerisches Talent.

«Ich werde einen anderen Ort für den Galgen finden, verlasst euch darauf», entgegnete Arguel mit finsterem Gesicht, nickte kurz mit dem Kopf und ritt weiter. «Ich muss sofort den Bischof einschalten, nahm er sich vor. Mein Onkel hat ihm vor noch nicht langer Zeit unsere Burg überantwortet, sodass er mir freundlich gestimmt sein müsste. Und wozu bekleide ich eine leitende Funktion des neuen städtischen Spitals hier an der Freien Strasse? Das muss doch berücksichtigt werden», murmelte Johann, während er die Strasse langsam hoch ritt, vorsichtig die vielen Leute überholend, welche zu Fuss unterwegs waren. Einige Hühner stoben empört gackernd auf die Seite, ein Hund lag vor einem der Häuser und schaute neugierig auf das Pferd, stand schliesslich auf, als es näherkam, und verschwand im Innern des Hauses. Johann ritt vorüber am neuen Spital und ärgerte sich immer noch über die spöttische Antwort. Das Spital war für Arme gedacht, welche im Krankheitsfall nicht von der Familie versorgt wurden. Es sollte nur den bedürftigen Basler Bürgern dienen. Die Insassen mussten nicht nur Gehorsam, sondern auch eine musterhafte christliche Lebensführung versprechen. Beim Eintritt ins Spital hatten die Kranken ihren meist kärglichen Besitz abzugeben. Starben sie im Spital, so verblieb er der Institution. Wohltätige Stifter halfen das Spital zu finanzieren. Auch Bussengelder kamen dem Spital zugute, welche zum Beispiel für öffentliches Fluchen erhoben wurden, sowie Almosengelder, gesammelt durch sogenannte «Klingler».

Obwohl feuchtes und unfreundliches Wetter herrschte, lenkte Johann sein Pferd durch das Eschemars-Tor, das Stadttor, welches die Freien Strasse oben abschloss. Er beachtete kaum die Häuser, die unterdessen vor dem Tor entstanden waren. Die Häuser gehörten meist Leuten mit feuergefährlichen Berufen: Bäcker, Wagner, Harnisch-Schmiede. Offene Feuer bildeten stets eine Gefahr, eine Feuersbrunst gehörte zu den meistgefürchteten Unglücksfällen. Ausserdem waren dort auch eine Gaststätte, ein Beginen-Haus und die Brüder der Heiligen Maria angesiedelt. Johann folgte dem Weg nach St. Jakob mit dem Vorhaben, gleich einen Platz für den Galgen zu suchen. Er war gewohnt, zu handeln und nicht nur zu reden, dieses Vorgehen hatte sich stets bewährt. Er lenkte sein Pferd entlang der Karrenspuren. Die zerstampfte Erde war stellenweise fast ein Sumpf, und aus den Pfützen, die sich in den Spuren der Pferdehufe gebildet hatten, spritzte das Wasser empor. Während er suchend den Pfad entlang ritt, vorbei an Feldern und Wiesen, überlegte er, wie er sinnvoll vorgehen könnte. Zuerst muss ich den Bischof für mich einnehmen, dachte er. Wenn ich seine Unterstützung habe, wird es sicher leichter sein, den Galgen an einen neuen Ort zu versetzen. Schliesslich ist er der Herr der Stadt.

Viele Bäume hatte man vor der Stadtmauer abgeholzt, um freie Sicht zu haben, damit kein Feind überraschend auftauchen konnte. Es waren aber nicht nur Wiesen und Felder, sondern auch Wald anzutreffen, bis man nach St. Jakob gelangte. Das Dickicht bot auch lichtscheuen Wegfahrern immer wieder Schlupfwinkel. Und im Herbst war es der Ort für die Schweine, die hier mit den Eicheln gemästet werden konnten. Ziegen, des armen Volkes Tier, weideten ebenfalls in diesen stadtnahen Wäldern, sie wurden zusammen mit den Schweinen gehütet. Johann erblickte mehrere umgeworfene Bäume. Ein Sturm hatte im vergangenen Winter gewütet. Die Äste waren von den Leuten längst geholt worden, um damit Feuer zu machen, nur die ganz dicken Stämme und Wurzelstöcke lagen noch da. Johann wusste, dass man auch diese bald abholen würde, mit oder ohne Erlaubnis, denn es herrschte stets grosse Nachfrage nach Bau- und Brennholz. Kübler, Schindler und Rebstecken-Macher deckten hier ihren Bedarf.

Eine geeignete Stelle für den Galgen fand Johann auf Anhieb, es war die Stelle, bevor sich der Weg langsam gegen St. Jakob absenkte. Er hielt sein Pferd für einen Moment an. Genau da muss er stehen, frohlockte er innerlich und rieb sich die Hände. Er sah den Galgen direkt vor sich. Hier wird er hinkommen, und wenn ich ihn höchstpersönlich errichten muss! Es roch nach feuchter Erde, holzig und schwer, es war ganz still, nicht einmal ein Vogel zwitscherte. Die letzten Meter bis zur Kapelle des Heiligen Jakobus ritt er rascher, musste aber immer wieder Personen ausweichen, die mit Waren beladen der Stadt zu strebten, Bauern in ihren gegürteten kurzen Röcken schoben Handkarren mit Gemüse vor sich her, auch Obst, Honig und Wachs.

Die Stadt konnte alles brauchen. Dazwischen wanderten ein paar Pilger mit langsamen Schritten auf dem Weg nach Rom oder Santiago de Compostela, um die Gebeine des Heiligen Petrus oder Jakobus zu sehen und ein Gelübde zu erfüllen, Krankheiten heilen zu lassen und für ihr Seelenheil zu sorgen. Unterwegs weitere Reliquien aufzusuchen war sehr wichtig, keine Kirche, keine Stadt, die nicht darauf sann, möglichst viele Gebeine von Heiligen zu verwahren. Je mehr Reliquien, je mehr Pilger, desto bedeutender der Ort. Der Ruhm einer Stadt bemass sich wesentlich nach der Anzahl von Heiligengebeinen. Auch der Basler Bischof hatte im Münster viele Reliquien. Besonders die Partikel vom Heiligen Kreuz und vom Blut Christi wurden verehrt. Kürzlich hatte er gerade verlauten lassen, dass er eine Reliquie des Heiligen Pantalus nach Basel bringen werde, des hochverehrten ersten Bischofs von Basel, der mit den Elftausend Jungfrauen nach Rom gepilgert und auf dem Rückweg zusammen mit den Jungfrauen erschlagen worden war.

Bis hierher waren Johanns Gedanken gekommen, als ihn ein Geistesblitz durchfuhr. Natürlich, das war es! Fast hätte er laut aufgelacht. Er würde dem Dichter Konrad von Würzburg den Auftrag geben, die Geschichte des Heiligen Pantalus in Volkssprache zu verfassen. Die Gelegenheit drängte sich geradezu auf. Und der Bischof würde sicher beeindruckt sein, auf ihn aufmerksam werden und ihm im Gegenzug vielleicht beim Galgen entgegenkommen. Für die Reliquien des Heiligen Pantalus war von einem Goldschmied bereits eine Büste in Arbeit, die dann dem Münsterschatz hinzugefügt werden sollte. Es fehlte tatsächlich nur noch die Legende dazu, die man allen vortragen konnte. Schliesslich wurde alles in Beziehung zum Glauben gebracht, jedes Ding, jede Handlung, alles zeigte die religiöse Auffassung und ungeheure Entfaltung innigen Glaubens. Hier mitzutun und eine Legende beizutragen, konnte der Bischof nur gut finden. Höchst zufrieden ritt Johann von Arguel die letzten Meter bis zur St. Jakobs-Kapelle.

Die von einer Mauer umschlossene Siedlung der Aussätzigen befand sich gleich daneben. Jedes der dunkeln Häuser schloss ein eigenes Geheimnis und viele verschiedene Schicksale mit ein. Bis anhin hatte ein Haus für die Aussätzigen an der Malzgasse [3] gestanden, viel zu nahe bei der Stadt. Hier bei St. Jakob waren die Lepra-Kranken besser untergebracht und konnten bei den Vorüberziehenden um Spenden bitten. Die Kranken hatten sich seit den Kreuzzügen vermehrt, zudem bot die Stadt einen guten Nährboden für Ansteckungen, da man viel näher beieinander wohnte als auf dem Land. Grosszügig bedachte Johann von Arguel die

[3] Aussatz = Malenzei, daher der Name Malzgasse

zahlreichen Bettler mit einem Almosen, dieser Ritt nach St. Jakob hatte sich gelohnt, er kannte den Platz für den Galgen und wusste, wie er dazu kommen konnte. Und da er die Eigenschaft besass, an jeder Idee, die ihn fesselte und an jedem Einfall, der ihm möglich erschien, hartnäckig festzuhalten, war es für ihn nur noch eine Frage der Zeit, bis der Galgen am Weg nach St. Jakob stehen würde.

Vor der Brücke über die Birs – es war eher ein Steg als eine Brücke – stieg Johann von Arguel vom Pferd. Die verästelten Arme der Birs wurden meist hoch zu Ross überquert. Für Fussgänger waren Stege errichtet, die jedoch bei jedem Hochwasser weggespült wurden und wieder neu erbaut werden mussten. Es war ein wichtiger, viel benutzter Weg Richtung Süden. Der Steg führte über die verschiedenen Flussarme ans andere Ufer, mit kleinen Inseln dazwischen. Weidenbüsche hatten sich auf dem Schwemmland angesiedelt, dazu wucherndes Gras und Brennnesseln sowie hoch aufgeschossene, dürre Disteln. Johann führte das Pferd zum Tränken ans Wasser. Der Boden war lehmig, ein paar niedrige Erlen wuchsen rechts und links, das Wasser plätscherte leise. Während er wartete, spielte Johann in Gedanken seine Idee nochmals durch. War es nur schwärmerische Fantasie gewesen? Nein, er fand keinen Haken. Sein Pferd, ein munterer Brauner, schnaubte. So schwang Johann sich mit befriedigter Miene wieder auf sein Ross, ein freundschaftlicher Klaps genügte, damit es lostrabte. Er folgte der Birs und dem Kanal, der zum St. Alban-Quartier führte, entschlossen, bei Konrad von Würzburg vorstellig zu werden, am besten noch am gleichen Tag, so sehr begeisterte ihn seine Idee. Peter Schaler würde Augen machen!

Johann gelangte schliesslich zur Mauer, die das St. Alban-Kloster und -Quartier umschloss, ritt durch das Tor hinein und weiter zur Stadtmauer beim Kunos Tor[4]. Hier nahm der Torwächter seinen Eintritt in die Stadt zur Kenntnis, ehe Johann an den Adelshöfen der Eptinger und Ramstein vorbeiritt und zum Münsterplatz gelangte, auf dem wie gewohnt Markt abgehalten wurde. Da sassen sie, die Händler und Bauersfrauen, in ihren braunen Kleidern und dem Kopftuch, einige hatten noch ein Tuch um die Schultern geschlungen, um etwas wärmer zu haben, und boten laut rufend ihre Gemüse und Früchte an, sowie Holz, Heu und Stroh feil. Ganz unverkennbar war es ein Stelldichein für die ganze Region, welche die Stadt als grosse Burg und Zuflucht der ganzen Umgebung ansahen und auch die Ordnung schätzten, die darin herrschte. Der Platz war gedrängt voll, man handelte und feilschte, das Landvolk stand bei den vollen Körben mit Gemüse, Eiern oder Obst. Der ganze Platz sah aus, als wäre er die Büh-

---

[4] Am Eingang zur Rittergasse

ne eines Theaters, doch Johann hatte keine Augen dafür, auch nicht für das Münster, das dem Ganzen einen majestätischen Stempel aufdrückte. Neben dem Münster, auf dem kleinen Münsterplatz, waren die Steinmetze der Bauhütte eifrig am Hämmern und Klopfen, denn es gab einiges zu tun, um die hochtrabenden Pläne des Bischofs umzusetzen. Die Steinbildhauer waren dabei, eine Vorhalle, das Eingangsportal, mit Statuen auszuschmücken.

Johann ritt vorsichtig mitten durch die Menge, langsam, um niemandem zu nahe zu kommen. Vorbei an der St. Johannskapelle gelangte er endlich zur Spiegelgasse und zu Konrads Haus. Er sprang schwungvoll vom Pferd und band es an den eisernen Ring, der dazu in die Wand eingelassen war. Sofort liefen die beiden Mädchen aus dem Haus, um das Tier aus der Nähe anzusehen. Sie liebten Pferde. Immerhin war es etwas Kostbares, es hatte so viel Wert wie ein grosser Bauernhof, hatte Vater Konrad ihnen gesagt.

«Johann von Arguel ist hier und bittet, vorgelassen zu werden. Er komme als Auftraggeber», meldete die Magd Ida, nachdem sie zögernd bei Konrad eingetreten war. Sie durfte nicht stören, wenn er dem Schreiber Berchtold diktierte, aber einen Auftraggeber konnte man nicht wegschicken, und den Herrn von Arguel schon gar nicht. Sie bewunderte ihn, denn man erzählte viel Gutes über ihn, lobte sein Verständnis für das gewöhnliche Volk. Abgesehen davon sah er sehr gut

Konrad von Würzburg diktiert dem Schreiber. Codex Manesse

aus, gross gewachsen, mit schwarzen Haaren und blitzenden Augen, ein edler Recke von Kopf bis Fuss. Konrad hob erfreut den Kopf, Johann war ihm immer willkommen.

«Soll hereinkommen. Mein lieber Schreiber Berchtold, wir zwei machen eine Pause.»

«Störe ich sehr?», fragte Johann und trat in die Stube. Konrad stand beim Schreiber, der für seine Tätigkeit auf einem Schemel sass, damit die Schrift möglichst ruhig und ohne zu wackeln ausgeführt werden konnte. Der Raum machte einen recht einladenden Eindruck. Wände und Decke waren ganz aus Tannenholz gezimmert, schlicht, ohne Verzierung, Brett an Brett und eine Leiste über der Fuge. Die Aussicht aus dem Fenster ging weit bis ins Wiesental, auf den ersten Hügeln sah man das Kirchlein der heiligen Ottilia auf dem Tüllingerberg und weiter rechts das Kirchlein der St. Chrischona. Unten floss der Rhein.

«Nein, Ihr stört nicht, wir haben gerade die letzten Worte notiert.»

«Und, was ist der Inhalt? Wie heisst Euer neues Werk?»

«Es heisst *Herzmäre.* Ich habe den Auftrag, eine bekannte Liebesgeschichte in deutsche Verse zu fassen. Vielleicht kennt Ihr sie? Es handelt von einer Frau, die sich einen Geliebten anlacht, einen stolzen Ritter. Sie ist allerdings verheiratet. Der Ehemann schöpft Verdacht, und um ihn abzuschwächen, reist der Ritter ins

Heilige Land. Dort stirbt er aber an Liebeskummer und lässt von seinem Knappen sein Herz in einem verzierten Kästchen seiner Herzensdame überbringen. Doch der Ehemann fängt das Kästchen ab, lässt das Herz als Speise zubereiten, legt es seiner Ehefrau vor und weidet sich am Gedanken, dass sie es isst, ohne zu wissen, was sie zu sich nimmt. Als sie erfährt, was sie gegessen hat, erschrickt sie so sehr, dass sie stirbt.»

«Schrecklich und süss zugleich! Ich bin sicher, dass mit Euren Versen das Ganze noch an Spannung gewinnt.»

«Das hoffe ich auch. Es zeigt, welchen Preis Liebende zu zahlen bereit sind. Damit möchte ich den Rittern und Damen vermitteln, dass sie sich der wahren Liebe verpflichtet fühlen sollen.»

«Ja, es gibt keine reine Liebe mehr! Obwohl, sie war verheiratet …»

«Der eifersüchtige Ehemann hat schliesslich mit seinem Handeln am Ende die Vereinigung der Liebenden herbeigeführt, ausgerechnet er führt sie mit seiner Rache wieder zusammen. Ihr seht, es gibt einiges zu reden darüber. Doch was ist der Grund Eures Besuches?»

«Ich möchte eine Heiligenlegende in Auftrag geben, nämlich die Lebensgeschichte des Heiligen Pantalus in Volkssprache, die Geschichte des ersten Basler Bischofs, der mit den Elftausend Jungfrauen nach Rom gepilgert ist und auf dem Rückweg von den Heiden erschlagen wurde, zusammen mit den Jungfrauen.»

«Oh, sehr gerne. Ich muss nur sehen, wo ich eine lateinische Vorlage finde, die Legende ist mir zu wenig vertraut.»

«Gut. Abgesehen davon – und das ist mir sehr wichtig – soll mein Name auch Erwähnung finden. Am Schluss vielleicht, als Auftragsgeber und für mein Seelenheil.»

«Gut. Der Bischof hat angekündigt, er habe Reliquien des Heiligen Pantalus für die Stadt erwerben können. Da passt das wunderbar.»

«Richtig, das war auch mein Gedanke.» Konrad musterte Johann und war sich sicher, dass da noch ein Hintergedanke dabei sein musste, er fragte aber nicht weiter nach. Auftrag war Auftrag, warum und weshalb spielte keine Rolle. Johann würde seine guten Gründe haben.

«Ich habe schon zwei Heiligenlegenden verfasst, die eine über den Heiligen Alexius für Johannes von Bermeswil und den Ratsherrn Heinrich Iselin, die andere über den Heiligen Silvester für den Domprobst Lüthold von Rötteln.»

«Meine muss aber die beiden anderen unbedingt übertreffen», forderte Johann von Arguel mit Bestimmtheit. Konrad lächelte und strich seine blonden Haare aus dem Gesicht.

«Ihr wisst, eine Heiligenlegende soll nicht nur dem Auftraggeber und Dichter, sondern vor allem auch dem Publikum zum Heil gereichen. Es ist nützlich, von

Märtyrern zu hören und von deren Standhaftigkeit trotz grosser Plagen. Denn deren Angst und Not entzündet dann das eigene Herz, eine gute Tat zu tun. Die Sünde wird einem dadurch fremd. Und ich selbst bin dabei einfach ein demütiger, schlichter Erzähler der wahren Legenden über das fromme Leben, das Martyrium und die Wundertätigkeit der Heiligen.»

«Natürlich weiss ich das. Aber wie Ihr die Worte und Verse schmiedet, darauf kommt es an. Und da seid Ihr unübertroffen, und für mich müsst Ihr Euch nochmals steigern. Ich habe bemerkt, dass Ihr für jede Gattung eigene Redewendungen, einen speziellen Ton zur Verfügung habt.»

«Natürlich, ein religiöses Werk und ein höfischer Roman sind unterschiedlich, und ich spiele und experimentiere gerne mit den Formen und den Reimen.»

«Und das macht Eure Meisterschaft aus, auf allen Ebenen. Mit Eurer Virtuosität stellt Ihr alle in den Schatten.»

«Danke, das ist zu viel der Ehre. Doch Ehre ist genauso flüchtig wie das Glück. Es braucht immer Gottes Hilfe und Gunst, das Dichten ist eine Gabe Gottes, Er ist der eigentliche Creator.»

«Die Legende ist für mein Seelenheil wichtig, und auch, weil dadurch hoffentlich meine Leiden im Fegefeuer verkürzt werden. Habt Ihr gesehen, wie man bei der Münsterbauhütte dabei ist, für das Hauptportal das Leben von Jesus bildlich darzustellen? Angefangen bei Maria und seiner Geburt und endend mit Christus als Weltenrichter. Da sind mir mit Grauen die teuflischen Gestalten aufgefallen, welche die Leute ins Fegefeuer stossen. Schrecklich, was einen da erwartet! Es ist dringend nötig, dass ich etwas für mein Seelenheil tue. Ich bin zu schwach für den Himmel, aber, so hoffe ich, auch zu gut für die Hölle. Eitelkeit, Habsucht und vieles mehr sind die Begleiter des Reichtums, das muss ich Euch wohl nicht sagen. Es steht schon in der Bibel, dass Reiche es schwer haben, ins Himmelreich zu kommen, umso leichter geht es in die Hölle. Eine lange Zeit im Fegefeuer steht mir bestimmt bevor. Der Herr erbarme sich meiner.»

«Ja, *Kyrie eleison* bete ich auch stets mit besonderer Inbrunst in der Kirche. Wenn es im Chor von den Chorherren gesungen wird, bin ich jedes Mal sehr ergriffen. Über die Begleiter des Reichtums, die Eitelkeit, Habsucht und überbordende Sinnesfreuden habe ich übrigens gerade eine Erzählung geschrieben, etwa zweihundertsiebzig Verse. Ich soll sie am nächsten Turnier an Mariä Geburt vortragen, sie heisst *Der Welt Lohn*.»

«*Der Welt Lohn?*»

«Ja. Ein edler Ritter, der stets erlesene Kleider trägt, der auf die Falkenjagd geht und auch Schach spielt, trifft mit einer wunderschönen, betörenden, jungen Frau zusammen, der Frau Welt, Sinnbild weltlicher Sinnesfreude und weltlichen Glücks. Nachdem der Ritter die verschiedenen weltlichen Freuden genossen hat, Sündhaftigkeit und Liebe inbegriffen, offenbart ihm Frau Welt auch ihre Kehrseite – auf ihrem Rücken kriechen Schlangen und Kröten. Darauf erkennt er, dass sein Streben nach Genuss und Anerkennung in der Welt verkehrt war und nur seinem Seelenheil geschadet hat. Er verlässt seine Frau und seine Kinder, um sein weiteres Leben als Ritter Christi zu verbringen. Das irdische, endliche Leben und die verfallende Schönheit der Welt werden dem erlösenden Tod Christi gegenübergestellt.»

«Die Frau Welt mit Schlangen und Kröten auf dem Rücken? Das ist interessant. Die Steinbildhauer am Münster sind gerade dabei, eine ähnliche Figur für die Vorhalle zu gestalten: Dort ist es nicht die Frau Welt, die jemanden verführt, sondern der Herr der Welt. Er wird ebenfalls mit Schlangen und Kröten auf dem Rücken dargestellt.»

«Nun, ob Frau Welt oder Herr der Welt – das ist damit zu erklären, dass das Wort ‹Welt› in Latein männlich ist, mundus, während auf Deutsch ‹die Welt› weiblich ist. Deshalb ist es in meiner deutschen Version eine Frau.» Johann nickte. Ihm waren diese Einzelheiten nicht wichtig, er dachte gerne an andere Dinge, die sprachlichen Finessen und Überlegungen waren ihm fremd.

«Ich kann Euch nur empfehlen, den Herrn der Welt und die törichte Jungfrau anzusehen, die der Bildhauer geschaffen hat. Wunderbar getroffen! Sie öffnet übri-

Verführer (auf seinem Rücken Schlangen und Kröten) und törichte Jungfrau am Hauptportal des Basler Münsters, 1270/85

gens bereits ihr Kleid. Ich muss sagen: So eine törichte Jungfrau fehlt mir noch zu meinem Glück», meinte Johann und lachte.

«Versucht es doch einmal drüben am Kohlenberg, da sitzen ein paar wirklich betörend schöne Weiber.»

«Ich weiss. Kürzlich habe ich eine gesehen, schwarzhaarig, mit dunklen Augen und mit allem versehen, was man sich wünscht. Schon allein ihr Gang hat in mir den Wunsch ausgelöst, ihr zu folgen. Vielleicht mache ich einmal einen Umweg dorthin. Oder ich gehe ins Badehaus.» Konrad schmunzelte. Man badete nie allein, sondern immer in Gesellschaft, Frauen und Männer gemeinsam, weil das Zubereiten des warmen Wassers für eine Person viel zu teuer wäre. Man sass lange im Bad, konnte zusammen singen, musizieren, reden, essen, trinken und was sonst noch Freude machte, auch ein weitgehend uneingeschränktes Liebesleben gehörte dazu.

«Ihr meint, nachdem Ihr nun etwas getan habt mit dem Bestellen der Legende des Heiligen Pantalus, um Eure Leidenszeit im Fegefeuer zu verkürzen, könnt Ihr Euch wieder etwas mehr versündigen?», scherzte Konrad. Johann verzog lächelnd den Mund, wurde dann aber wieder ernst.

«Solange uns Rudolf von Habsburg in Ruhe lässt, sehe ich kein Hindernis.»

«Ihr denkt, er lässt nicht davon ab, Basel erobern zu wollen?»

«Nun, es ist gerade alles ruhig, doch ich traue ihm nicht über den Weg. Im Moment ist er offensichtlich weiter weg, aber bekanntlich wird das Böse oft durch Umwege tätig. Und solange unser Bischof noch mehr Ländereien zu gewinnen versucht, sie Graf Rudolf oft direkt vor der Nase wegschnappt, wird er früher oder später etwas dagegen unternehmen wollen. Das lässt sich ein Mann wie Graf Rudolf nicht bieten.» Konrad wusste, dass Johann recht hatte, die Basler Bischöfe bauten laufend ihre Macht aus, hatten Besitztümer aufgekauft bis Biel, Neuenburg und im Elsass bis zum Odilienberg oder zur Ajoie und streckten nun ihre Hände Richtung Schwarzwald aus.

3. Kapitel

wær über hundert mîle
gezeiget im ein ritterschaft,
dâ wær der herre tugenthaft
mit guotem willen hin geriten
und hæte gerne dâ gestriten
nâch lobe ûf hoher minne solt.

Hätte man ihm im Umkreis von hundert Meilen
ein Turnier genannt, so wäre der edle Herr
bereitwillig dorthin geritten
und hätte da gestritten
um Ruhm und den Preis hoher Minne.
(Der Welt Lohn)

Jeweils am 8. September, dem Tag von Mariä Geburt, wurde von der Ritterschaft traditionell ein Turnier abgehalten. Es war ein vielversprechender, heller Morgen, die Leute strömten in Scharen zum Münsterplatz, es herrschte überall eine festliche Stimmung. Die Ritter zogen vom Rossberg [5] her auf den Platz, ausgerüstet mit Schild und Lanzen, Spiessen und Schwertern. Rundherum traf man auf Pferde, aber auch auf Gruppen von

---

[5] Heute Schlüsselberg

Gauklern und Musikern. Konrad befand sich in der warteten Menge, sorgfältig und seinem Rang entsprechend gekleidet, um genau zu beobachten, wie die Kämpfe vor sich gingen. Er studierte die Kleider der Zuschauenden, um bei der nächsten Schilderung in einem seiner Werke diese genau wiedergeben zu können. Man konnte daran erkennen, wer welchem Stand angehörte, wer welchen Pelz tragen durfte, welche Farben. Konrad liebte den Glanz der adligen Welt, es machte ihm Freude, Einzelheiten zu beschreiben, die verschiedenen Wappen, den Schmuck, die Farben der Stoffe, das Glitzern der Rüstungen in der Sonne. Mit seinen Worten webte und schneiderte er die Kleider, in die er seine Figuren kleidete. Auch die Kämpfe erschienen mit seinen Worten als prunkvoll inszeniertes Schauspiel.

Konrad hatte rasch begriffen, wer ausser dem Bischof, dem geistlichen und weltlichen Herrn der Stadt, das Sagen hatte. Es waren die Ritter Ramstein, Zerkinden, Münch, und nicht zu vergessen der bedeutende Ritter Peter Schaler, Schultheiss von Basel. Er wohnte am Rossberg. Beim Stützpfeiler seines Hauses *Zum weissen Bären* war gut sichtbar sein Wappen angebracht, fünf weisse Wecken. Er war auch dabei, auf der Nordseite des Münsters eine Kapelle anzubauen und ausstatten zu lassen, um darin einst die letzte Ruhestätte zu finden, genauso wie die Münch, die schon recht weit waren damit. Die Arbeit der Münsterbauhütte ruhte allerdings an diesem Feiertag.

Schlüsselberg 9: Das Schaler-Wappen am Pfeiler des Hauses

Konrad liess seine Augen über die Köpfe schweifen. Er fühlte sich wohl in Basel und hatte in den wenigen Jahren, seit er hier war, einflussreiche Freunde gewonnen. Heute würde er sein Werk *Der Welt Lohn* vortragen. Er war sehr gespannt auf das Echo. Die Gegenüberstellung der irdischen, modernden Schönheit der Welt und des erlösenden Todes Christi müsste seine Wirkung nicht verfehlen, hoffte er. Zu Ehren Marias und des Schutzpatrons der Ritter, des Heiligen Georg, würde man wie gewohnt auf dem Münsterplatz die Kämpfe abhalten. Es herrschte eine fröhliche, fast ausgelassene Stimmung. Niemand wollte daran erinnert werden, dass man in unruhigen Zeiten lebte oder irgendein Unheil drohte. Die Leute auf dem Platz hatten sich bewusst oder unbewusst in zwei Parteien aufgeteilt. Einerseits gab es jenen Adel, der aus den Dienstleuten des Bischofs hervorgegangen war, Familien, die dem Bischof seit Generationen treu dienten. Sie hatten das Privileg erhalten, in den Ritterstand aufzusteigen. Und an der Spitze der Alteingesessenen fand man die Geschlechter der Münch und der Schaler, bischofstreu waren sie alle. Andererseits drängten adlige Geschlechter, die auf dem Land ihre Burgen hatten, in die Stadt, um einen begehrten Platz im Umfeld des Bischofs zu ergattern. Eine Position am bischöflichen Hof war attraktiv geworden. Zu diesen gehörten vor allem die Ritterfamilien Eptingen, aber auch die Pfaff, Reich und die Ramstein. Der Landadel fühlte sich jedoch den Habsburgern besonders verbunden, und Rudolf von Habsburg drängte immer mehr an die Macht. Auch der Bischof war bestrebt, die Loyalität des Landadels zu gewinnen. Er begann städtische Ämter an sie zu vergeben. Der Adel war deshalb in zwei sich bekämpfende Parteien zerfallen: der bischofstreue Stadtadel, die Psitticher mit dem grünen Papagei auf der Fahne, und die dem Hause Habsburg näherstehenden Sterner, der Landadel mit Sternen auf der Fahne. Neid und Missgunst waren an der Tagesordnung, es gab Streit auf Streit. Konrad musste vorsichtig zu beiden Parteien Kontakt halten, da er bei ihnen Auftraggeber zu finden hoffte.

Konrad liebte vor allem den Kampf in voller Rüstung, den Tjost. Die Ritter waren mit Kettenpanzer und Topfhelm geschützt, deshalb konnte man sie nur durch die Ausrüstung unterscheiden, vor allem durch ihre Schilde. Der eine führte einen Adler im Schilde, ein anderer einen Löwen, der Dritte eine Lilie. Dazu kamen die Helmzier und die Decke der Pferde, an allem konnte man sie erkennen. Beim Kampf stellten sich zwei Ritter auf ihren Pferden in gewisser Entfernung zueinander – meist zweihundert bis dreihundert Schritte – in der Kampfbahn auf. Wer die Lanze sicher zu führen verstand, wählte einen langen Anlauf, was besonders wirkungsvoll war, wenn die Gegner aufeinander zu galoppierten. Das Ziel war es, den Gegner aus dem Sattel zu heben oder auch dessen Helmzier abzuschlagen. Konrad versuchte, sich alles einzuprägen, die kampfhungrigen Ritter, die überschäumende Energie, die angespannten Gesichter, den Jubel, die Beschimpfungen – alles würde er in seine Dichtungen einfliessen lassen, und er stellte fest, dass das Verhalten von aufgewühlten Emotionen und dem Streben nach persönlicher Ehre geprägt war. Er wusste, ein Ritter, der nicht den Kampf suchte, war schlecht angesehen. Ein Turnier war deshalb willkommener Anlass, einen persönlichen Streit im Kampf auszutragen. Es schien Konrad, dass meist mehr auf dem Spiel stand als der Sieg. Es kam sehr darauf an, gegen wen man kämpfte. Mit der Ausrufung des Turniersiegers mussten jedoch alle Feindseligkeiten eingestellt werden. Kühnheit und Ritterlichkeit verfehlten vor allem bei den Damen ihre Wirkung nie. Es wimmelte von Pferden, denn jeder Ritter brauchte mehrere. Ein Ross für die Anreise, dann mindestens noch ein bis zwei Pferde für die Turniere. Die vielen jungen Knappen kümmerten sich um die wertvollen Tiere, während die Herren in den Wettkampf zogen. Ein Pferd war viel wert, mindestens fünf bis zehn Ochsen. Dazu kamen noch Sattel, Helm, Schwert und Schild. Ohne Grundbesitz kann man es sich nicht leisten, Ritter zu sein, dachte Konrad.

Die adligen Damen schauten von einem Hochgerüst aus den Kämpfen zu, feuerten die Reiter an, verteilten ihre Schleier. Sie fanden alles grossartig, waren begeistert, liebenswürdig und vergnügt und unterstützten auf die hübscheste Art und Weise die einzelnen Ritter. Ihre

Ausrufe des Entzückens spornten die Kämpfenden an. Für die edlen Damen war das Turnier eine willkommene Möglichkeit, sich zu zeigen und gleichzeitig zu sehen und gesehen zu werden. Konrad beobachtete sie und es entging ihm nicht, wie einige junge Frau ihre Augen nicht nur gegen die Erde hefteten, wie es Sitte war, sondern ihre Blicke mit aller Behutsamkeit umherwandern liessen. Und er bemerkte, dass sie jemanden mit besonderem Wohlgefallen betrachteten. Es war Johann von Arguel. Ja, eine der Damen ermunterte ihn deutlich durch verstohlene Blicke und zeigte ihm damit, dass er ihr nicht gleichgültig war. Oder dachte sie vielleicht, je mehr Männer sie umgarne, desto mehr würde der Wert ihrer Schönheit gewinnen? Konrad schmunzelte innerlich und fragte sich, was wohl aus dem Blickwechsel noch werden könnte. Arguel war von Natur aus eher leichtsinnig und dem Genuss des Lebens mehr zugetan als dem Kampfe.

Johann von Arguel hatte wohl gespürt, dass Konrad ihn beobachtete, er drehte sich in seine Richtung und grüsste ihn von Weitem. Konrad hatte nicht das Bedürfnis, zu ihm hinzugehen, aber es blieb ihm nun nichts anderes übrig. Bestimmt würde er sofort fragen, wie weit die Legende des Heiligen Pantalus schon gediehen war, dabei hatte er noch nicht einmal angefangen. Tatsächlich begrüsste ihn Arguel mit lauten Worten, seine tiefe Bassstimme drang durch das Stimmengewirr hindurch, sodass alle Umstehenden es hören konnten:

«Und, wie weit ist mein Heiliger Pantalus schon gekommen?» Er ist ein Wichtigtuer, dachte Konrad, laut entgegnete er: «Nun, es war gar nicht einfach, eine lateinische Quelle zu finden. Ich besitze jetzt aber eine und bin daran, Eure Wünsche umzusetzen. Aber Ihr wisst, alles braucht seine Zeit.» Johann klopfte ihm auf die Schulter. «Natürlich, natürlich. Ich wünsche, wie Ihr wisst, ein besonders gutes Werk, eines, das alle anderen in den Schatten stellt.» Da wandte sich der gross gewachsene Heinrich Iselin um, der in der Menge gestanden und den Wortwechsel mitbekommen hatte, und meinte:

«Meine Alexius-Legende ist kaum zu übertrumpfen. Die Verse sind wunderbar gedrechselt, und dem Heiligen und seinem Leben grossartig gerecht geworden.» Arguel wollte etwas entgegnen, bemerkte dann aber eine adlige Dame, welche mit ihren dunklen Augen voller Abscheu und Verachtung auf ihn blickte. Konrad sah es ebenfalls und dachte: offensichtlich eine wütende, enttäuschte Frau. Es schien etwas Ernsteres zu sein, denn Johann liess alle stehen, murmelte hastig eine Entschuldigung und ging, erkennbar verärgert, rasch davon. Konrad, der alles mitbekommen hatte, schmunzelte. Die Damen finden Gefallen an ihm, seine Gestalt und sein Auftreten sind imponierend, aber hin und wieder scheint etwas schiefzulaufen, deshalb lässt er wohl für sein Seelenheil die Heiligenlegende des Pantalus von mir dichten.

Da trat der edle Ritter Münch auf Konrad zu.

«Wir suchen Euch schon überall, Meister. Ihr wollt doch heute Euer Werk *Der Welt Lohn* vortragen. Wir sind alle sehr gespannt darauf. Ihr habt versprochen, dass alles dabei ist, was wir schätzen: Sündhaftigkeit, Vergänglichkeit, irdische Schönheit …»

«… und erlösender Tod Christi», ergänzte Konrad. Während ihn Münch zur Trinkstube der Adligen, dem Haus zur Mücke am Rossberg, geleitete, fragte er:

«Habt Ihr auch ein paar Widmungsexemplare dabei?» Konrad nickte.

«Ja, mein Schreiber Berchtold hat sie angefertigt. Es sind sechs Doppelblätter in kleinstem Format.» Konrad gab sein Bestes und freute sich über die gebannt lauschende Ritterschar. Die Begeisterung war gross, nachdem er geendet hatte.

«Wir sind stolz, einen solchen Dichter in Basels Mauern zu haben», lobte Münch vor allen Leuten. Doch Konrad winkte ab und meinte bescheiden:

«Ihr wisst, die wahre Dichtung kommt aus dem Herz des Dichters, aber die Begabung kommt von Gott.»

Es war ein unangenehmer, kalter, dunkler Tag, ein richtiger Novembertag, feucht, neblig, mit Regen und Schnee. Weit und breit war kaum ein Mensch zu sehen, dabei arbeitete man sonst gerne im Freien wegen der Helligkeit. Niemand wollte jedoch bei diesem Wetter nach draussen gehen, selbst die Haustüren blieben möglichst geschlossen wegen der Kälte. Man rückte näher zusammen. Die Fensteröffnungen hatte man vermacht mit Lumpen, Stroh und Holz, damit kein Luftzug eindringen konnte. Bei den besseren Leuten verwendete man Tierhäute, um die Kälte abzuhalten. Die einzige Wärme fand man am Herdfeuer. Um nicht frieren zu müssen, nahm man die düstere Beleuchtung im Innern in Kauf und arbeitete so gut es ging, nur manchmal die Tür ein wenig geöffnet. Durch den schmalen Spalt drang das Licht sehr spärlich ein, sodass man kurz nach dem Eintreten überhaupt nichts sehen konnte. Nur durch längeres Angewöhnen vermochte man bei solcher Beleuchtung eine Arbeit vorzunehmen. Meist war man gezwungen, träge herumzusitzen oder vor sich hin zu schimpfen. Auch die Tiere blieben am liebsten in den Ställen, die Misthaufen davor dampften, die Hühner plusterten sich auf und sassen nahe beieinander. Das ganze geräuschvolle Treiben der Menschen und Tiere war versiegt, öde und leer waren die Gassen. Man mied die fast unpassierbaren Wege. Die Glätte und die eisige Luft hinderte alle daran, weiter zu gehen als bis zum Sodbrunnen – nur der sonntägliche Weg in die Kirche bildete eine Ausnahme, es war selbstverständlich, zur Messe zu erscheinen, wie auch immer die äusserlichen Zustände waren. Eine andere Ausnahme bildete das Schlachten der Schweine, es gehörte zur Jahreszeit. Für diesen komplexen Vorgang waren viele

Hände nötig. Auch Zuschauer gehörten dazu, vor allem die Kinder liessen sich dieses Spektakel nicht entgehen. Nachdem das Schwein geschlachtet und alle Teile abgetrennt waren, wurden die wichtigsten Fleischstücke gesalzen, um sie haltbar zu machen. Pökelfleisch war ein wichtiger Bestandteil der Ernährung im Winter, abgesehen von Kohl, getrockneten Erbsen und Bohnen. Alle hofften, die eisige Kälte zu überstehen und ohne schwere Krankheiten durch den Winter zu kommen. Manchmal wurden auch kleine tragbare Kohlenbecken mit glühenden Kohlen gefüllt im Haus aufgestellt, um für zusätzliche Wärme zu sorgen, aber es war stets ein grosses Risiko wegen der Brandgefahr.

Der scharfe Nordostwind, der die ganze Nacht ununterbrochen durch die Ritzen gepfiffen hatte, liess Lioba im Stroh vor Kälte zittern und den Inhalt des Wasserkruges zu Eis gefrieren. Sie hatte wohl oder übel Wasser holen müssen am Sodbrunnen. Es brauchte viel Überwindung, um die eiskalte Kette, mit der man den Eimer in den Sodbrunnen herablassen musste, anzufassen. Lioba war sehr froh, ihre Unterkunft erreicht zu haben. Sie besass nur offene Holzschuhe, der Schnee war überall eingedrungen, ihre Füsse waren eisig kalt und ganz ohne Gefühl. Ihre steifen, starren Hände, welche den Krug tragen mussten, fühlte sie nicht mehr. Sobald sie zurück war, stellte sie sich zur Feuerstelle am Herd. Die Schmerzen, bis die Finger und Füsse wieder etwas aufgewärmt waren, schienen ihr unerträglich.

Auch die karge Nahrung brachte sie fast zur Verzweiflung. Meist erhielten sie nur eine dünne Kohlsuppe, selten einen Haferbrei, den sie und die andern drei Frauen mit Wasser verdünnten, damit er auch noch für abends reichte. Zwar standen die Fastentage, die Adventszeit, vor der Tür, aber bei ihnen herrschte das ganze Jahr hindurch Fastenzeit. Bei diesem Wetter kamen wenig Freier und der Frauenwirt sparte, wo er nur konnte. Während der Fastenzeit waren auch sexuelle Kontakte verboten, aber zum Glück hielten sich nicht alle daran. Wenn sie nur eine Decke hätte, um sich darin einzuhüllen! Sie warf einen Blick in den Schlafraum in der Hoffnung, irgendein Kleidungsstück der andern drei Dirnen vorzufinden. Sie schliefen jedoch alle in ihren Ecken – und ihre eigene Ecke war auch besetzt!

«Wer ist da an meinem Platz?», rief sie erstaunt, ohne vom warmen Herdfeuer wegzutreten. Das Bedürfnis, etwas Wärme zu bekommen, war stärker als der Drang, nachzusehen. Die Gestalt hob den Kopf – es war Lisa!

«Du schon wieder? Ich glaube fast, der Teufel hat in dir ein williges Werkzeug gefunden, um mich zu plagen», rief Lioba mehr erstaunt als zornig. Lisa erhob sich, lief zur Herdstelle, um sich ebenfalls zu wärmen. Sie zitterte am ganzen Leibe. Sie war in den drei Jahren ein gutes Stück gewachsen, kein Mädchen mehr, sondern deutlich auf dem Weg, eine junge Frau zu werden. Ein tiefer Ernst lag auf ihrem blassen Gesicht und zeugte davon, was sie unterdessen alles mitgemacht hatte.

«Um Christi willen, lasst mich bitte hier, ich kann sonst nirgends hin. Man hat mich fortgejagt, und es ist bitterkalt draussen.» Lioba musterte das zerlumpte, erbarmungswürdige Wesen, das vor ihr stand.

«Und weshalb hat man dich weggeschickt, hast du etwas gestohlen?», fragte sie neugierig. Lisa errötete, ihre Augen füllten sich mit Tränen, und ihre Lippen fingen an zu zittern.

«Nein, das nicht. Es ist, weil … sie wollen mich nicht mehr … mir ist immer so übel. Sie sagen, ich bekomme ein Kind.» Lioba erstarrte. Das war das Schlimmste, was Lisa erzählen konnte. Mit fast erfrorenen Händen und Füssen nach Hause zu kommen, war nichts dagegen. Argwöhnisch kniff Lioba die schwarzen Augen zusammen.

«Bist du sicher?» Lisa schüttelte den Kopf.

«Ich weiss es nicht. Die anderen sagen es.»

«Und von wem ist das Kind?»

«Sie meinen vom Teufel. Das sei so üblich bei Rothaarigen.» Lioba spürte, wie langsam die Wut hochkam.

«Von einem Teufel bestimmt, aber von einem menschlichen aus Fleisch und Blut. Kommt der Kerl nachts immer noch zu dir?», fragte sie schonungslos. Warum sollte man es verschweigen? Lisa blickte sie mit grossen Augen an.

«Du meinst, es kommt daher?»

«Oh himmlische Unwissenheit! Aber natürlich. Auf diese Art werden die Kinder gezeugt. Und das wissen die anderen auch ganz genau. Solange du ein Kind warst, hatte es keine Folgen, aber nun bist du eine junge Frau. Ach du lieber Himmel, was machen wir nur mit dir?» Lioba hatte nicht bemerkt, dass Rosa, Ida und Mechtild aufgestanden und nähergekommen waren. Entsetzen stand in allen Gesichtern.

«So eine Gemeinheit, sie fortzujagen, weil es nun Folgen hat, was sie längst miterlebt und geduldet haben und hätten kommen sehen müssen. Der Henker soll sie holen!», rief Rosa wütend, und Ida nickte dazu. Lisa schüttelte fassungslos den Kopf. Es war alles so seltsam, unbegreiflich, absonderlich, es erschien so unmöglich, dass es ihr schwerfiel, es zu glauben. Und gleichzeitig wusste sie ganz plötzlich, dass dieser Zusammenhang der Wahrheit entsprach.

«So war das also», flüsterte sie ergeben. Ida und Mechtild nickten.

«Ja, so ist das.» Sie nahmen sie bei der Hand, um ihr etwas Halt zu geben. Während sie alle um das Feuer herumstanden, bildeten sich in dessen Schein tanzende Schatten an den Wänden, es war vertraut und unheimlich zugleich, alles erschien wirr und mysteriös. Lioba fasste sich als Erste.

«Rosa, hat recht, der Henker soll ihn holen. Und Lisa geht unterdessen zur Henkersfrau. Die kennt Mittel und Wege, das Kind wegzumachen.»

«Ja, das stimmt. Aber es kostet viel Geld, ich weiss das, denn mir ist es einmal auch so ergangen», entgegnete Rosa.

«Und?» Ida und Mechtild rückten neugierig näher, sie standen alle ganz nahe am Herdfeuer. Rosa wirkte verlegen, sie bereute, etwas gesagt zu haben. Die Henkersfrau aufzusuchen war eine schwere Sünde, weil unheimliche Mächte im Spiel waren.

«Was sollte ich sonst tun? In der grössten Not hilft man sich auch mit dem Teufel. Ich habe die Frau heimlich in einer dunklen Nacht aufgesucht, um sie zu bitten, mir einen Trank zu brauen, denn ich war verzweifelt, weil ich vermutete, schwanger zu sein. Mein sauer verdientes Geld, mein ganzes Erspartes, ist dabei draufgegangen, doch der Trank hat seine Wirkung getan.» Auf einmal gerieten alle in Aufregung. Nur Lisa stand wie versteinert da.

«Ich habe aber kein Geld, schon gar kein Erspartes. Woher soll ich es nehmen?»

«Gar kein Geld?»

«Nein, man hat mir nie Geld gegeben, man sagte, ich müsse alles abgeben, um mir mein Essen zu verdienen, und weil ich bei ihnen sein darf.» Rosa schüttelte missbilligend den Kopf.

«Wenn du ohne Geld zur Henkersfrau gehst, wirst du eher ein höhnisches Lächeln ernten als mitleidige Hilfe erwarten können.» Alle schwiegen betreten. Mechtild sprach als Erste wieder.

«Mir fällt gerade ein: In einem der Häuser am Kohlenberg, nicht weit von uns entfernt, ist gestern ein Kräuterweib untergekommen. Ich habe schon Bekanntschaft mit der alten Frau gemacht. Man könnte sie fragen, ob sie ein Kraut wüsste, sie, die sogar Schlangen mit der Hand füttert. Sie ist zudem sehr fromm, lebt mit dem Rosenkranz in der Hand und war auf vielen Wallfahrten. Sie spricht fast nur vom Leben und den Wundern des heiligen Franziskus.» Ida widersprach sofort. Sie hatte ständig allerlei Ahnungen und fürchtete immer etwas Schlimmes, Unerwartetes und Unabwendbares.

«Da kann Lisa geradeso gut in die Kirche gehen, das gibt viel Kraft.» Lisa schüttelte den Kopf.

«Da war ich schon, obwohl mir vom Weihrauchduft übel wurde. Ich habe inbrünstig zur Mutter Gottes gebetet, die heilige Maria Magdalena um Beistand angefleht, habe gebeichtet und unter Tränen um Hilfe gebeten. Der Priester hat mich angehört, doch er war auch ratlos. Dann sagte er: Gehe hin in Frieden, der Herr ist mit dir. Im Moment war ich getröstet, aber es hat sich leider nichts verändert, gar nichts.» Rosa fühlte sich bestätigt.

«Genauso ist es mir auch ergangen. Obwohl die Kirche bei allen möglichen Unglücksfällen und Ängsten Hilfe anbietet mit den vielen Heiligen, braucht man im Leben auch Dämonen, Geister und finstere Mächte, sonst ist man verloren.»

«So ist es. Mir scheint, das Kräuterweib wäre der richtige Weg, besser als die Henkersfrau», murmelte Mechtild, «einen Versuch wäre es doch wert, oder nicht?»

«Aber ist sie nicht auch eine Vertraute des Teufels?», fragte Ida ängstlich. Rosa blickte sie scharf an, fast schon wütend.

«Wie ich schon sagte, in der Not hilft man sich auch mit dem Teufel.» Ida erschrak und spuckte dreimal auf den Boden, um den heraufbeschworenen Teufel zu verjagen.

«Hör sofort auf! Es steht in der Bibel: Hütet euch vor des Teufels Stricken, von denen man gefangen wird zu seinem Willen.» Rosa lachte spöttisch auf.

«Woher willst denn du wissen, was in der Bibel steht?»

«Ganz einfach, weil einer meiner geistlichen Herren oft ein schlechtes Gewissen hat. Dann zitiert er jeweils diesen Satz.» Lisa hob den Kopf, erschrocken und beschämt zugleich. Sie fühlte sich schuldig, den Teufel wollte sie nicht bemühen, sich nicht auf ihn einlassen. Aber was sonst? Das Flackern in ihren Augen verriet ihre Verzweiflung.

Da stand plötzlich das Kräuterweib in der Tür, leicht vornübergebeugt und mit einem Beutel in der Hand. Ihr ledriges, faltenreiches Gesicht, der fast zahnlose Mund, die listig blickenden Augen – Lisa schauderte und Ida hielt bestürzt den Atem an.

«Ich glaube, man verlangt nach mir und meinen Künsten», meinte das Weib mit heiserer Stimme. Die Frauen starrten sie erschrocken und misstrauisch an. Wie hatte die Frau das wissen können? Sie humpelte zur Bank, setzte sich und blickte Lisa von unten her scharf an. Ihr Blick ruhte lange auf ihr, kühl, gleichgültig und fast abwesend. Angstvolles Schweigen beherrschte alle, niemand wagte sich zu rühren.

«Ich merke, du bist schwanger, dagegen habe ich etwas.» Dann öffnete das alte Weib den Beutel auf ihrem Schoss und begann zu suchen. «Mal sehen. Da haben wir einen Karfunkelstein gegen Fieberanfälle – der nutzt in deinem Fall wenig – die zwei Baumnüsse gegen Kopfweh auch nicht, pulverisierte Regenwürmer gegen Darmbeschwerden …» – sie zögerte einen Moment – «nein, das ist zu wenig stark, der Bergkristall gegen Magenschmerzen auch nicht, wo habe ich nur meine Mischung?» Schliesslich fand sie das Gesuchte, eingewickelt in einen schmutzigen Lappen. «Es ist eine Kräutermischung aus Wermut, Petersilie und einigen geheimen Kräutern, alle bei Vollmond mit drei Vaterunser gepflückt.» Sie wählte sorgfältig ein paar Kräuter aus und wickelte die andern wieder in das Tüchlein.

«Hier, die gibst du in heisses Wasser und trinkst es drei Tage lang morgens, mittags und abends, nachdem du langsam ein Vaterunser gesprochen hast.» Sie räumte alles wieder in ihren Beutel, stand mühsam auf, legte die Kräuter sorgsam in Lisas Hand und ging grusslos hinaus. Es war totenstill in der Küche. Was hatten sie hier erlebt?

«Zauberei», flüsterte Ida und bekreuzigte sich noch einmal, «woher wusste sie von Lisas Problem? Das geht nicht mit rechten Dingen zu.» Lioba fasste, um sicherzugehen, an ihr Amulett. Nur Rosa blieb gelassen.

«Lasst uns nicht darüber nachdenken. Hauptsache, wir haben die Kräuter. Und sie hat nicht einmal Geld dafür verlangt. Los, Lisa, koch etwas Wasser, leg die Kräuter hinein und trink – ob Teufel oder Zauberei, wenn es nur hilft.» Lisa, die bis dahin wie angenagelt dagestanden hatte, liess nun die Kräuter fallen, als ob sie sich daran die Finger verbrannt hätte und stürzte Hals über Kopf hinaus ins Freie. Sie wusste nicht, wohin sie fliehen sollte, einfach nur möglichst weit weg. Sie hörte einige Raben vom Dach krächzen: Grab! Grab! Grab! Es klang wie ein Befehl.

«Hört ihr die Unglücksvögel?», fragte Ida ängstlich.

«Ach was! Lisa wird bald wiederkommen, es ist viel zu kalt draussen», meinte Rosa mit vor Aufregung heiserer Stimme, «ich bereite schon mal die Kräuter zu.» Mechtild hingegen kniete sich an der Türschwelle nieder und zeichnete mit einem verbrannten Holzstück einen Drudenfuss darauf, es war ein sicheres Zeichen, das vor Dämonen schützen konnte.

«Ich werde noch einige Haselruten holen und aufhängen bei uns in der Küche und im Schlafraum, sie schützen nicht nur vor Blitz und Donner, sondern auch vor bösen Geistern», fügte Ida bei, während sie Mechthild zuschaute, wie sie den fünfeckigen Drudenstern aufmalte.

Sie warteten lange auf Lisa, aber sie kam nicht wieder.

Der Winter hatte die Stadt weiterhin fest im Griff, die Kälte schien jeden Tag mehr spürbar. Der Boden in den Gassen war gefroren, überall gab es vereiste Pfützen, was das Gehen und Wasserholen sehr mühsam und unangenehm machte. Ein Nebel, so dicht, wie er selten die Stadt einschloss, nun aber vermehrt auftrat, machte den Alltag trist und die Tage kurz, die Dämmerung setzte früh ein. Der Rhein floss langsam und träge durch die Stadt, spiegelglatt und schwarz, er wirkte geheimnisvoll und undurchdringlich. Und über allem thronte das Münster im roten Sandstein, festgefügt für die Ewigkeit.

Johann von Arguel stand bei Konrad von Würzburg in der Stube an der Spiegelgasse und blickte ihn mit seinen durchdringenden schwarzen Augen verwirrt an, nachdem ihm dieser die *Legende des Heiligen Pantaleon* vorgelesen hatte, wunderbar gedichtet und mit schön geschmiedeten Versen versehen.

«Das ist sehr schön gedichtet, aber nicht die Legende, die ich bestellt habe», rief er laut, «wo bleibt die Geschichte mit den Elftausend Jungfrauen und dem

Pilgerzug nach Rom und das Martyrium auf dem Rückweg?» Konrad wand sich, auch der Schreiber Berchtold blickte erstaunt.

«Meine lateinische Quelle berichtet davon nichts.»

«Das begreife ich nicht. So wird es doch stets erzählt, wenn man von ihm redet.»

«Ich weiss, dennoch berichtet die Legende nichts davon. Wenn Ihr wollt …»

«Ach lasst, schön gedichtet ist es ja, das muss ich zugeben, es scheint wirklich, Ihr habt Euch selbst übertroffen.» Und in Gedanken ergänzte Johann: Dem Zweck dient es auch auf diese Weise, ohne die Elftausend Jungfrauen. Der Bischof wird zufrieden sein. Das rasche Einlenken machte Konrad misstrauisch. Er fuhr mit der Hand leicht über das Pergament und blickte zu seinem Schreiber Berchtold, der still, aber aufmerksam das Gespräch verfolgte. Irgendetwas führt Johann von Arguel im Schilde, dachte er und seine Augen blitzten.

«Ich habe auch Euren Namen als Auftragsgeber schön platziert, genau wie Ihr es gewünscht habt.» Johann runzelte etwas die Stirn. Hatte Konrad gemerkt, dass er mit der Heiligenlegende etwas bezweckte? Dass sein Streben nach Anerkennung beim Bischof mit dem Hintergedanken einherging, die Bewilligung zum Versetzen des Galgens zu erreichen? Er versuchte, davon abzulenken.

«Ich bin gerade beim neuen Brunnen auf dem Münsterplatz vorbeigeritten. Ihr habt es jetzt gut mit fliessend Wasser auf dem Münsterplatz. Der Bischof hat mit der Wasserleitung eine Grosstat vollbracht. Ich hoffe, wir werden bald alle vom Münster-Brunnwerk profitieren.»

«Ja, es sind verschiedene Brunnen geplant, einer hier in unserer Gasse und dann ein weiterer vorne bei der Martinskirche.»

«Und ein Brunnen soll auch gleich gegenüber vom Spital an der Freien Strasse hinkommen, das hat mir der Bischof zugesichert. Da braucht man schliesslich besonders viel Wasser.»

«Auch auf der anderen Seite des Tales ist man dabei, ein Brunnwerk zu erstellen, damit die adligen Häuser am Nadelberg und an der Petersgasse fliessendes Wasser in der Nähe haben, es soll bis zum Leonhardstift geführt werden. Das Wasser wird auch dort mit Teucheln, den durchbohrten Baumstämmen, zu verschiedenen Brunnen hingeleitet werden. Fliessendes Wasser in den Brunnen ist ein grosser Segen für alle. Meine Frau Berchta ist sehr begeistert, es erleichtert die Arbeit der Mägde enorm. Bis man am Sodbrunnen jeweils den Kessel runtergelassen hat bis zum Grundwasser und dann wieder hochgezogen hat, dauert es seine Zeit und braucht viel Kraft. Und am Brunnen fliesst es nun gleich in die Kessel.»

«Im Tal haben es die Handwerker einfacher mit den vielen Quellen am Hügelfuss. Vor allem die Quelle in der Gerbergasse beim Zunfthaus der Gerber ist beliebt, denn diesem Wasser wird noch besondere Heilkraft zugeschrieben. Ich habe schon viel Wunderliches gehört von plötzlichen Heilerfolgen.»

«Stimmt. Und dazu haben sie auch noch das Wasser des Birsig, der alles Abwasser und sonstigen Unrat fortschwemmt, und gleich noch als Abort dient. Doch nun fliesst das Wasser auch bei uns stetig aus dem Brunnen – es ist einfach fabelhaft. Nur das Abwasser bleibt. Die Abortgruben müssen immer noch von den Kloakenreinigern geleert werden.»

«Der Bischof lässt gerade einen Brunnentrog erstellen mit einem Stock und einem Bild des Ritters Georg darauf, natürlich auch mit dem Drachen.» Konrad nickte.

«Ja. So erkennen alle sofort, dass der Heilige Georg dargestellt ist.» Johann war zufrieden, hatte er doch Konrad damit vom anderen Thema abgelenkt. Doch auch Konrad war es klar, dass Johann bewusst ein neues Thema angeschnitten hatte, nur hatte er keine Ahnung, weshalb es Johann so wichtig war. Er überreichte ihm die Pergamentblätter mit der sorgfältig geschriebenen Legende, nahm den Beutel mit der abgemachten Summe entgegen, und man verabschiedete sich ehrerbietig. Als er aus dem Haus war, fragte der Schreiber Berchtold erstaunt und seine kleinen, schlau dreinblickenden Augen blitzten schalkhaft:

«Was hat er mit der *Pantaleon-Legende* vor? Und wozu diente das Ablenkungsmanöver mit den Brunnen, dieses unzusammenhängende Abschweifen? Mir schien, er habe irgendein Geheimnis.» Konrad stimmte lächelnd zu.

«Ja, das ist mir auch aufgefallen. Wir werden es sicher noch vernehmen. Er hat manchmal wirre Ideen, mir scheint, es hängt mit dem Bischof zusammen. Vermutlich will er ihn für einen seiner zahlreichen Pläne herumkriegen.»

«Oder er möchte eine Absolution für seine vielen Frauengeschichten», lachte Berchtold, stockte dann einen Moment verlegen und blickte zur Seite, denn er erlaubte sich sonst nie eine Kritik an höher gestellten Persönlichkeiten.

4. Kapitel

mit sîner miete lône
brâht er si von latine
ze tiuscher worte schîne.

Mit seinem Lohn
brachte er sie von Latein
in deutsche Sprache.
(Legende St. Pantaleon)

Es war Abend geworden, für die Kinder meist die langweiligste Tageszeit vor Anbruch der Nacht, weil die Dämmerung hereinbrach und noch kein Talglicht brannte, und kein brennender Kienspan aus Kiefernholz die Stube erhellte. Die kostbaren Lichter, welche nicht sehr lange brannten, setzte man erst bei vollkommener Dunkelheit ein. Doch Gerina und Agnes liebten diese Stunde, weil sie zusammen mit Mutter Berchta zu spinnen pflegten, was in der Dämmerung möglich war, und sie ihnen dabei Geschichten erzählte. Von Königen und Prinzessinnen, von Rittern und von Feen, die den Menschen zu Glück und Reichtum verhalfen. Die Geschichte vom Ritter Georg, wie er die Prinzessin vor dem bösen Drachen rettete, konnten die Mädchen nicht oft genug hören. Berchta wusste auch immer wieder neue Geschichten zu erzählen, solche, die die Kreuzritter von ihren Reisen mitgebracht hatten.

«Eine Nachtigall sang in einem Rosenstrauch ihr süsses Lied. Durch diese herrlichen Klänge öffneten sich die Blüten der hundertblättrigen Rose, und die Nachtigall verfiel in Liebe zu dieser wunderschönen weissen Rose. Sie drückte sie innig an ihr Herz, trotz der vielen Dornen. Und so färbte die Nachtigall mit ihrem Blut die Rose rot. Aus Liebe! Und seither gibt es nicht nur weisse, sondern auch rote Rosen.» Dann schloss die Mutter wie immer ihre Erzählungen mit der Bemerkung: «Euer Vater könnte noch viel mehr und viel bessere Geschichten erzählen, aber er trägt sie den hohen Herren vor, den adligen Rittern. Und sie hängen alle an seinen Lippen», und ihre Augen leuchteten stolz und ihren sonst so strengen Mund umspielte ein kleines Lächeln. An diesem Abend fügte sie noch hinzu: «Morgen ist Wahltag, immer am Sonntag vor dem Johannistag, dem Tag des heiligen Johannes dem Täufer. Es ist der Wahltag für die Häupter und neuen Räte. Das gibt einen Festtag, darauf könnt ihr euch freuen. Da läuten die Glocken und durch die Gassen strömt das Volk zum Münsterplatz, natürlich alle sonntäglich gekleidet. Und der Bischof sitzt unter dem grossen, alten Lindenbaum, der neben dem Brunnen steht, wo man jetzt Wasser holen kann …»

«Der mit dem Heiligen Georg darauf?», unterbrach Gerina interessiert.

«Ja, genau der, ich habe euch den mächtigen Baum daneben schon oft gezeigt. Darunter sitzt der Bischof in vollem Ornat, also seinen schönsten Kleidern, auf einer Steinbank, und alle Gewählten legen einen Eid ab, sie schwören, dass sie dem Bischof und den Domherren, aber auch allen Bürgern der Stadt raten und helfen wollen. Dann ziehen sie weiter zum Rathaus, und an die Jugend werden Früchte verteilt.»

«Ach, du erzählst den Kindern von der morgigen Wahl», meinte Konrad, der in die Stube getreten war und den letzten Satz mitbekommen hatte. «Das ist natürlich nichts für Frauen, aber sehr wichtig für die Stadt. Wir Bürger stehen unter dem Schutz des Bischofs, er bestimmt das Wohl unserer Stadt, doch er hat vor einigen Jahren zugestimmt, dass wir in einem Rat mitreden können, sogar mit einem Bürgermeister. Zuerst schwören die Leute, welche die Wahl vornehmen, auf das Evangelienbuch, das Kaiser Heinrich II. einst der Stadt geschenkt hat. Es liegt auf einer goldbestickten Decke auf einer Steinsäule, damit es alle sehen können.»

«Können wir die goldbestickte Decke auch sehen?», fragte Agnes begierig.

«Nein, wir sind zu weit entfernt. Nur die Leute, welche in der Nähe stehen, können sie betrachten, die wichtigen Leute. Gewählt werden der Bürgermeister, vier Ritter sowie acht Burger von der Hohen Stube. Und seit Kurzem sind nun auch noch von den fünfzehn Zünften Vertreter im Rat. Nachdem man die Namen der Gewählten laut verkündet hat, schwören diese auf das goldene Reliquienkreuz des Münsterschatzes. Und jedem Gewählten wird ein Blumenkranz aufs Haupt gelegt. Wenn sie weiterziehen, könnt ihr sicher von unserem Fenster aus einen Blick auf die vielen Reiter erhaschen. Mal sehen, ob es sich ergibt.»

Die beiden Mädchen gingen aufgeregt schlafen in Vorfreude auf den kommenden Tag. Viel Unterhaltung wurde ihnen nie geboten, sie hatten sich im Haushalt zu betätigen, helfend und lernend, was eine Hausfrau wissen musste, denn vom siebten Altersjahr an behandelte man Kinder wie kleine Erwachsene. Dabei hatten es die Mädchen gut, Knaben wurden in diesem Alter bereits in fremde Familien gegeben, um als Page erste Erfahrungen im höfischen Umgang und dem Zeremoniell zu sammeln. Mit vierzehn Jahren wurden sie feierlich vor dem Altar zu Knappen erhoben. Sie erhielten dann ein geweihtes Kurzschwert, während man für die Mädchen in diesem Alter nach einem passenden Ehemann Ausschau hielt. Konrad wandte sich nochmals an Berchta.

«Der Bischof ist mit den Bürgern der Stadt eine Art Schutzbündnis eingegangen, in welcher er der Stadt den Schutz der Kirche zusichert, während die Bürgerschaft ihrerseits Treue zum Bischof geschworen hat. Es ist die sogenannte Handfeste, die erste für Basel. Der Schutz ist wichtig, denn seit einiger Zeit liegt der Basler Bischof im Streit mit dem Grafen Rudolf von Habsburg.» Berchta blickte ihn mit grossen Augen an.

«Du meinst, es gibt Krieg?», fragte sie ängstlich.

«Es könnte sein, ja. Aber der Herr ist mit uns, vergiss das nicht. Die kriegerischen Zeiten zwingen alle, Partei zu ergreifen. Die Psitticher, allen voran die Münch, zu Rhein und Schaler, halten treu und unverbrüchlich zum gnädigen Herrn, dem Bischof, die Sterner hingegen, der Landadel, halten zu den Habsburgern. Du kannst dir vorstellen, wie viel heisse Diskussionen dieser Zwiespalt in den Gassen um die Geschlechtertürme herum sowie in den Trinkstuben der Stadt verursacht!» Es kam nicht nur zu heftigen Wortgefechten, sondern schliesslich zur Katastrophe: Die Psitticher trieben ihre Gegner aus der Stadt, den gesamten Adel der Sterner, darunter die Edlen Reich und die Eptinger, und damit ins feindliche Feldlager des Grafen Rudolf von Habsburg.

Der Mond war bereits untergegangen und es begann zu dämmern, als Rudolf von Habsburg mit seiner Kampftruppe früh morgens vor der Stadt auftauchte und mit seinem Heer bei Binningen Stellung bezog. Sein Hauptquartier schlug er auf dem Hügel von St. Margarethen auf. Die Leute in Basel duckten sich, begannen aber auch die Stadtmauern noch besser zu bewachen. Graf Rudolf hatte bereits verheerende Streifzüge im Elsass und auch rheinaufwärts durchgeführt und seine Scharen im Breisgau gesammelt. Er plante Basel und vielleicht auch Kleinbasel anzugreifen. Seine Mauer war weniger dick als die Mauern der Stadt auf der linken Rheinseite. Abgesehen davon würde bei einer Eroberung die wertvolle Brücke über den Rhein erheblich geschwächt. Bischof Heinrich sah sich in einer schlimmen Lage, er fühlte sich bedrängt von allen Seiten.

«Mein Herr, unsere Reben werden verwüstet, dabei hängen die Trauben in diesem Jahr besonders schön», beklagten sich die Wirte Heinrich von Schliengen und Hermann von Biel bei Peter Schaler. Und auch der Frauenwirt Burchard von Aesch war aufgebracht, weil die Belagerung der Stadt weniger Kunden in sein Frauenhaus brachte.

«Niemand wagt sich aus der Stadt, und schon gar nicht ausserhalb der Stadtmauer länger zu verweilen. Die einzigen Freier, die in mein Haus kommen, stammen aus dem Lager des Habsburgers. Sie schleichen sich davon, um bei uns im Freudenhaus einzukehren. Aber es sind nicht viele, sie bezahlen auch nicht mit unseren Geldmünzen. Es könnten trotzdem durchaus mehr sein.» Die Kaufleute rangen ebenfalls die Hände:

«Wir können unseren Handel nicht aufrecht halten, er ist fast ganz zusammengebrochen. Man kann ja nur noch innerhalb der Mauer Handel treiben», berichteten sie. Krämer und Wechsler, sogar bischöfliche Beamte, wie Brotmeister und Münzer äusserten ihr Missfallen über die schlechten Zeiten.

«Niemandem ist gedient, wenn alles zusammenbricht», meinte Heinrich Iselin, «Verwirrung und Unruhe können weder dem Bischof noch Graf Rudolf helfen. Doch Graf Rudolf will Basel als Residenzstadt haben, bevor er das nicht erreicht hat, wird er keine Ruhe geben. Wir können nur abwarten, in der Hoffnung, dass er diesen Gedanken aufgibt.»

«Sein unbeugsamer Stolz wird es ihm nicht zulassen», urteilte Peter Schaler, «und keiner denkt an die Folgen. Wir müssen Graf Rudolf deutlich klarmachen, dass wir uns zu wehren wissen.»

«Und deshalb bleiben die Stadttore geschlossen und die Mauern Tag und Nacht bewacht, auch wenn es für alle grossen Schaden mit sich bringt.»

Am 24. August, am Tag des Heiligen Bartholomäus, brannten plötzlich die Häuser an der Ausfallstrasse von der Predigerkirche bis zu den Johannitern lichterloh. Von der Stadtmauer aus blickten die Leute entsetzt auf das gewaltige Feuer, das die Habsburger in den Häusern vor der Stadt gelegt hatten. Doch niemand kam zu Hilfe, die Befehle lauteten klar und deutlich: «Nicht aus der Stadt hinauslaufen, kein Tor öffnen, was immer auch geschieht.» Man blieb schweren Herzens innerhalb der schützenden Mauer. Nur so konnte man die Stadt sicher verteidigen. Stundenlang wütete das Feuer, es war sehr schwer, zuzusehen und nicht hinzulaufen, um zu helfen. Aufgeregt meldeten die Zunftmitglieder, was sie beobachtet hatten.

«Die Kirche der Dominikaner blieb verschont, was für ein Glück. Sie wurde doch erst gerade von Albertus Magnus eingeweiht. Und die Leute aus den umliegenden Häusern konnten in den Schutz der Klostermauern fliehen.»

«Und was ist mit den Johannitern geschehen, die weiter stadtauswärts leben?»

«Man sieht wegen des Rauchs nicht so weit. Ich meine aber, weder ihre Kapelle noch der Friedhof und ihre Gebäude wurden vom Feuer angegriffen, sodass wahrscheinlich auch die elf Priesterbrüder und der Prior überlebt haben, soweit wir das von hier aus beurteilen können.»

«Und das Reb-Gelände?»

«Die Traubenernte können wir vergessen, niemand hat darauf Rücksicht genommen.»

«Der Herr steh uns bei!»

«Ja, der Herr sei uns gnädig. Das war sicher nur der Auftakt. Es fehlt nun nicht mehr viel, und Graf Rudolf wird unsere Stadt einnehmen. Man erzählt, er habe etwas sehr Kraftvolles, Siegreiches an sich.» Es war eine unruhige, angstvolle Zeit. Das Gefühl ständiger Bedrohung zermürbte die Leute. Die Stadtmauer wurde Tag und Nacht streng bewacht – wie gut, dass der Bischof in den vergangenen Jahrzehnten die Zünfte gefördert hatte, so standen genug Leute für die Wachen zur Verfügung. Niemand schlief mehr ruhig, alle warteten bange auf einen Angriff von Rudolf. Wie zerklüftet und zerstritten die Gesellschaft auch gewesen war, ihrem Widersacher trat sie nun geschlossen entgegen. Die Leute hielten sich in ihrer Not an jeden Strohhalm, alle Heiligen wurden angefleht, die vierzehn Nothelfer, darunter vor allem der Heilige Georg. Doch in jedem Gesicht, dem man begegnete, waren Angst und Unruhe zu erkennen. Man beschwor sich gegenseitig: Durchhalten, durchhalten, durchhalten!

Berchta fand viel Kraft bei den Kirchenbesuchen, die gesungenen Litaneien und Messen drangen tief in sie ein und beruhigten sie sehr. Sie verstand die Texte, weil sie einstimmig gesungen wurden und sie ihr vertraut waren. Und das *Dona nobis pacem* bekam eine ganz direkte Verbindung mit den Geschehnissen, *Herr gib uns Frieden* wünschten sich alle aus tiefstem Herzen. In den vollen Kirchen wurde eifrig gepredigt, man wies auf die Entsagungen der ersten Christen hin, auf die Qualen der Märtyrer, ja, sogar auf Jesus selbst, der seine Jünger ermahnte, ihr Kreuz auf sich zu nehmen. Und auf das Bibelwort, dass der Mensch nicht vom Brot allein lebe, sondern von Gottes Wort. Denn Hunger hatten sie alle. Die gregorianischen Gesänge der Chorherren und der Knaben verliehen jeder Messe eine tiefe Feierlichkeit, die den Menschen die Sehnsucht nach dem Leben nach dem Tod weckten, dem Paradies, in welchem Friede herrschen und solche Musik erklingen würde. Es waren schlichte Tonfolgen, frei von musikalischen Kontrasten oder einer Begleitung durch

Instrumente. Dafür wirkte der Text umso mehr, auch wenn er lateinisch gesungen wurde, die Bibeltexte waren vielen vertraut. Im Münster sahen die Leute durch den Lettner hindurch in den Chor, erblickten die Sänger auf beiden Seiten um ein grosses Notenpult herumstehen, mehrstimmig hüllte die Musik alle ein. Konrad übersetzte manchmal Berchta die Worte, die ihm besonders zu Herzen gingen:

«*Tribulationes cordis mei dilatatae sunt, de necessitatibus meis eripe me, Domine.*

Vide humilitatem meam et laborem meum, et dimitte omnia peccata mea.

Die Ängste meines Herzens haben sich vermehrt, aus meinen Nöten führe mich heraus, Herr, Siehe meine Not und Plage an, und vergib mir alle meine Sünden.»

Wie Graf Rudolfs Angriffsplan wohl aussah? Man konnte immer wieder die feindlichen Truppen in der Umgebung der Stadt und auf der gegenüberliegenden Anhöhe von St. Margarethen beobachten. Von Weitem hörte man das Knarren der Wagen, das Stampfen der Pferde, Geschrei und Schimpfworte beim Fussvolk und Befehle der Oberen. Angsterfüllt, aber auch mit tiefer Verachtung blickte man nach den Truppen, Pferden und Wagen, welche einander drängten und überholten auf den schmutzigen Wegen rings um die Stadt. Und man sah nachts die zahlreichen, brennenden Lagerfeuer. Die Leute betrachteten alles mit grösster Sorge, es schien, man sei genötigt, sich gegen einen Feind zu schlagen, der ihnen an Zahl weit überlegen war und sie von allen Seiten eingeschlossen hielt. Alle lebten still und bedrückt und in Erwartung, dass etwas Schlimmes über sie hereinbrechen würde. Ein Tag nach dem andern verging, und jeder war dem vorhergehenden ähnlich, es gab nur eines: Beten und durchhalten!

Graf Rudolf von Habsburg stand auf der Anhöhe beim Kirchlein St. Margarethen, vor sich den abschüssigen Abhang, seine Augen schweiften weiter bis zu den trutzigen Mauern der Stadt. Er blickte triumphierend und etwas verächtlich hinunter. Die Häuser im Schutz der mächtigen Mauer, die fünf Stadttore, vor allem aber das Münster und die verschiedenen Kirchtürme prägten das Bild. Verlockend lag sie da, greifbar nahe, die Stadt, in der er seine Residenz zu gründen plante, später, nachdem er sie erobert hatte, wunderbar eingebettet in der weiten Ebene. Der Rhein floss in mehreren Armen gegen Norden, der Schwarzwald und die Vogesen erhoben sich eindrucksvoll rechts und links davon. Die Stadt Basel, das ersehnte Ziel, lag im Spannungsfeld zwischen ihm und dem Bischof Heinrich von Neuenburg. Dieser klein gewachsene Mann mit seinem roten, aufgedunsenen und schwammigen Gesicht ist nur darauf aus, möglichst viele Ländereien in seinen Besitz zu bekommen, dachte Rudolf verächtlich. Es passt mir ganz und gar nicht, denn es durchkreuzt meine eigenen Pläne. Ich muss es schaffen, die Stadt endlich zu erobern, nahm er sich jeden Tag aufs Neue vor. Er hatte mehrmals Befehl dazu gegeben, die Ritter waren auf die Pferde gestiegen, hatten sich bekreuzigt und versucht, gegen die Stadtmauer und Stadttore anzurennen, jedoch gelang ihnen kein Durchbruch. Sie hatten schon früher das Steinenkloster geplündert, welches ungeschützt vor der Mauer lag, und unterdessen die ebenfalls ungeschützte Vorstadt bei den Johannitern niedergebrannt – alles vergeblich. Nun blieb nur noch das Aushungern, denn Graf Rudolf wusste, dass die ganze städtische Getreideversorgung von aussen her geschehen musste. Und Getreide war das Hauptnahrungsmittel der Leute. Doch in vielen Häusern, namentlich bei Müllern und Bäckern, fanden sich noch viele Schweine, das bevorzugte Schlachttier. Davon konnten die Leute lange zehren. So waren und blieben die Tore geschlossen, nur die Handwerkerhäuser der Wagner, Schmiede und Bäcker, welche wegen der Feuergefahr ihre Werkstätten ausserhalb der Stadt bewirtschafteten, lagen schutzlos da, ebenso die Häuser der Aussenseiter, Henker, Totengräber oder Dirnen. Sie waren dem Feind ausgeliefert. Doch dafür interessierte sich Graf Rudolf nicht. Nur für die Schafherden, welche recht zahlreich ringsum die Stadt auf der Weide waren, denn sie dienten zur willkommenen Ergänzung des Speiseplans seiner Soldaten. Rudolf wusste, je länger dieses furchtbare, dieses tückische und zähe Warten dauerte, desto mutloser würde man in der Stadt werden. Die Lage spitzte sich mehr und mehr zu.

Die Auseinandersetzung zwischen dem Basler Bischof und Graf Rudolf von Habsburg über die Vormachtstellung am Oberrhein endete mit einem unerwarteten Schlag. Einer verblüffenden, ungeheuren, welthistorischen Fügung, welche die gefährliche, fast aussichtslose Lage über Nacht vollkommen änderte. Im Heiligen Römischen Reich hatten Kurfürsten durchgesetzt, dass sie den römisch-deutschen König wählen durften. Und sie wählten am 1. Oktober 1273 – ausgerechnet zu dem Zeitpunkt, als er mit seinen Soldaten Basel belagerte – den Grafen Rudolf von Habsburg zum König des Heiligen Römischen Reiches. Burggraf Friedrich von Nürnberg brachte persönlich die deutsche Königskrone in das Lagerzelt von Rudolf auf dem Hügel von St. Margarethen. Es blieb der Stadt Basel nichts anderes übrig, als nun dem König ehrerbietig die Tore zu öffnen.

«Kein Teufel hätte es besser ersinnen können! Nun ist Rudolf nicht mehr unser Feind, sondern unser Oberhaupt. Ich kann es noch gar nicht glauben. Was für ein schicksalsträchtiger Tag!», ereiferte sich Peter Schaler. Der Stadtadel, die Psitticher, sassen geknickt in der Hohen Stube, dem Haus zur Mücke am Rossberg, um über die neue, ungewisse Zukunft zu beraten.

Rudolf erfährt von seiner Wahl vor den Toren Basels.

Spiezer Chronik um 1483

«Von diesem Tag wird man noch lange sprechen. Es ist so unerwartet geschehen, wir sind alle aufgeschreckt und sprachlos. Was für eine Wendung! Niemand wäre auf einen solchen Gedanken gekommen, auch nicht mit der grössten Fantasie.»

«Dem Allmächtigen sei trotzdem Lob und Dank, dadurch hat sich unsere Lage beruhigt. Rudolf hat uns über ein Jahr lang belagert, endlich haben wir Ruhe vor ihm, denn als gewählter König kann er nicht Krieg führen gegen uns. Wir gehören ja zu seinem Heiligen Römischen Reich», entgegnete Heinrich Iselin. Er besass die kostbaren Eigenschaften der Gelassenheit und des unerschütterlichen Selbstvertrauens und wurde deshalb von allen geschätzt.

«Aber habt Ihr überlegt, was das für uns bedeutet?», fragte Peter Schaler scharf zurück. «Was für eine Genugtuung für die Sterner! Sie haben sich gegen den Bischof gewandt und wurden aus der Stadt verwiesen, doch nun ziehen sie im Gefolge König Rudolfs wieder in Basel ein, die Reich und Eptinger und alle andern.» Johann von Arguel ergänzte bedrückt:

«Es ist auch für den Bischof sehr schwer. Wisst ihr, dass Heinrich entsetzt gerufen haben soll: Lieber Gott, sitz fest auf deinem Thron, sonst nimmt ihn dir Rudolf von Habsburg auch noch weg!» Niemand lachte.

«Das sind klare Worte, scharf und schneidend, Worte, an denen es nichts zu deuten gibt.» Verwundert, verärgert und erschreckt mussten die Psitticher und ihre

Anführer, Peter Schaler und Heinrich Münch, erkennen, dass sich das Blatt gewendet hatte, die Vorteile lagen ganz auf der gegnerischen Seite. Heinrich Iselin mahnte noch einmal zur Mässigung.

«Wir sollten uns nicht dagegen wehren, sondern akzeptieren, was wir nicht ändern können, und das Beste daraus machen. Stolz, Trotz, Starrsinn und Jammern helfen uns nicht weiter. Nähern wir uns doch langsam und ehrerbietig dem König, unserem neuen Herrn. Es ist der einzig gangbare Weg, glaubt mir.» Peter Schaler musste ihm trotz seiner beklemmenden Gefühle widerstrebend zustimmen.

«Iselin hat recht, wir haben andere, neue Wege zu beschreiten. Aber nicht unterwürfig, sondern im Gegenteil, wir müssen versuchen, uns trotz allem an der Macht zu halten. König Rudolf muss merken, es geht nicht ohne uns.»

Zuerst reiste Rudolf nach Aachen, um sich nach der Tradition auf dem Thron Karls des Grossen krönen zu lassen, kehrte dann aber wieder nach Basel zurück, zusammen mit seiner Gattin und ihrem wenige Wochen alten Kind Karl. Basel empfing den Gekrönten am 13. Januar unter Glockengeläute. Die ganze Geistlichkeit, der Bischof und die Domherren, alle Predigermönche, Franziskanermönche, Sackbrüder und Brüder der Heiligen Jungfrau zogen ihm entgegen, und das ganze Volk huldigte ihm, Männer und Frauen, alles war auf den Beinen. Im grossen Gefolge des Königs mit über hundert Rittern befanden sich auch die aus der Stadt vertriebenen Mitglieder der Sterner, die Eptinger, Uffheim, Pfaff und Reich. Erhobenen Hauptes ritten sie durch die Freie Strasse zum Predigerkloster. Konrad und Berchta standen am Rand, um den Einzug des Königspaars hoch zu Ross zu verfolgen. Die Sonne blendete die Augen, oder war es die unglaubliche Pracht der Gewänder, Schilde und Pferde?

«Siehst du das Kamel?», rief Berchta aufgeregt, «dort hinten kommt es. Und dazu ein weiss gekleideter Mohr, der es führt.» Die Leute rückten neugierig näher, es entstand ein Gedränge, dass das Kamel nur langsam vorwärtskam.

«Was für ein sonderbares Tier mit seinen grossen Augen!»

«Und schau sein Maul an, es scheint mir, dass es lacht», berichteten die Leute untereinander, was sie sahen.

«Und dort ist noch ein Zwerg, er ist höchstens drei Fuss gross gewachsen.»

«Und erst noch ein Papagei im Käfig.» Was für ein Schauspiel!

«Den hat der König hier in Basel erworben. Man sagt, er habe dreissig Pfund Silberlinge dafür bezahlt.» Eine unvorstellbare Summe für uns gewöhnlichen Leute, dachte Berchta. Konrad wusste noch mehr.

«Und die Königin stiftet dem Predigerkloster als Dank für den grossartigen Empfang ein Schwein mit Stacheln.»

«Ein Schwein mit Stacheln? Wozu soll das gut sein?»

«Es zeigt, dass Gottes wunderbare Schöpfung keine Grenzen kennt. Es ist beeindruckend.»

König Rudolf hielt nun Hoftage ab, die Stadt huldigte ihm gebührend. Trotzdem war es für viele nicht einfach hinzunehmen, dass der Feind, unter dem man monatelang gelitten hatte, nun zum Herrscher geworden war. Einige Zeit später, nachdem die Sterner zusammen mit König Rudolf triumphierend in die Stadt zurückgekehrt waren, starb Bischof Heinrich von Neuenburg.

«Es musste so kommen», raunten die Leute, «diese Demütigung war zu schwer. Er hat sie nicht überlebt.» Selbstverständlich folgte ein Bischof nach, der dem Hause Habsburg freundlich gesinnt war: Man setzte den grauhaarigen Heinrich von Isny auf den Bischofsstuhl.

«Er ist der Sohn eines Handwerkers», flüsterte man sich zu.

«Ja, aber er wurde dann Franziskanermönch, deshalb nennt man ihn auch Heinrich der Gürtelknopf, weil der Strick, welcher die Franziskanerkutte zusammenhält, mit einem Knoten geknöpft wird. Er ist erst noch Beichtvater von König Rudolf.» Auch die Einsetzung des neuen Bischofs wurde gebührend gefeiert, man speiste im Kloster der Predigermönche, und im Münster zelebrierte Heinrich von Isny seine erste feierliche Messe: *Gloria in excelsis Deo,* Ehre sei Gott in der Höhe, klang es festlich durch das Münster.

Und bald danach waren die Psitticher Führer der Habsburger-Partei in Basel, sie, die bis anhin die entschiedensten Gegner Rudolfs gewesen waren. Wie es die Ritter Schaler und Münch geschafft hatten, blieb ein Rätsel.

Nach dem feierlichen Empfang von König Rudolf von Habsburg folgten Tage mit prunkvollen Festen, Tanz und Gelage. Der Stadtadel richtete die zum königlichen Leben gehörenden Feste, Turniere und Dichterlesungen aus, um dem ritterlichen Idealbild nachzukommen. Vor allem im Schönen Haus am Nadelberg, einem neu erstellten, mächtigen Sitz mit prachtvollen gotischen Fenstern und Deckenmalereien im Innern, pflegte man zu erscheinen. Man lachte, musizierte, tanzte und spielte Karten.

Sorgfältig waren die Wappen aller Ritter am Oberrhein auf einem Deckenbalken im Schönen Haus verewigt worden, alles, was Rang und Namen hatte und ein und aus ging. Zusammen mit weiteren bemalten Balken, welche skurrile Fabelwesen und Tierkreiszeichen zeigten, gab der repräsentative Hof viel zu reden. Das Haus gehörte nämlich keinem Adligen, sondern dem wohlhabenden Krämer und Händler Conradus, der bereits zum Ratsherrn aufgestiegen war. Dem Basler Adel passte dieser Emporkömmling allerdings nicht, aber er machte gute Miene zum bösen Spiel. Conradus' Wohnhaus befand sich inmitten der grossen Höfe der Oberschicht am Nadelberg. Wie beim benachbarten

Adelshof der Zerkinden reichte die Parzelle bis an die Stadtmauer, welche entlang des Petersgrabens verlief. In der Mitte befand sich frei stehend der ganz aus Stein erbaute Hof. Die Pferde der vielen Adligen drängten sich neben dem Hof im Freien, jeweils streng gehütet von den jungen Knappen, während der Adel im Innern Konversation machte. Es galt das aufwendig geschmückte Schöne Haus des Krämers Conradus zu bewundern.

«Sein Vermögen scheint ungeheuer gross zu sein», meinte Werentrud, die Gattin von Heinrich Münch, und fügte bei, «jetzt muss er nur noch die richtige Frau heiraten, um in den Adel aufzusteigen. Seiner Schwester Helena ist es bereits gelungen mit der Heirat von Ritter Heinrich Zerkinden.»

«Ich habe sie kürzlich bei einem Anlass getroffen. Ihre Ausdrucksweise ist nicht gerade fein», bemängelte eine der Damen, «es zeigt, woher sie stammt.»

«Wie alle Emporkömmlinge glaubt sie an die alten Familien und sucht Anschluss an sie.» Man war sich trotzdem einig, dass dieser Conradus eine gute Partie sei, wenn er auch nicht unbedingt vorteilhaft aussah. Er war eher klein und untersetzt, besass ein energisches Kinn, eine breite Nase, und stets fiel ihm eine dunkle Haarlocke in die Stirn. Obendrein war er auch leicht reizbar und ärgerte sich über jede Kleinigkeit.

«Man sagt, er hätte ein Auge auf die adlige Helena von Keinberg geworfen. Sie ist in meinen Augen keine

Schönes Haus am Nadelberg Nr. 6

Schönheit, aber dafür recht wohlhabend, still und sittsam, so wie man es von einer Frau erwartet.»

«Ich habe gehört, Conradus wolle sich nicht nur eine Wasserleitung vom Brunnwerk zu einem eigenen Brunnen im Hof legen lassen, sondern plane noch eine eigene Badstube einzurichten, man stelle sich das vor!», flüsterten die Damen aufgeregt, während sie Conradus verschämt einen Blick zuwarfen.

Die alteingesessenen Geschlechter, deren Stand ererbter und bewährter Besitz war, sahen sich nun plötzlich Leuten gegenüberstehen, die direkt vor ihren Augen einen höheren Stand erwarben. Sie mussten zusehen, wie Krämer, Wechsler oder Bäcker reich und vornehm wurden, ja sogar in die Hohe Stube aufgenommen wurden. Sie konnten Adelsfräulein heiraten oder ihre Töchter den Edlen geben. Sie brachten zwar frisches Blut in den Adelsstand und etwas Abwechslung in die langweilig gewordenen vornehmen Häuser, dennoch berührten sich in diesem Verkehr nicht Gleich und Gleich. Eine Kluft trennte trotz allem die zwei Welten, und es gab viel zu reden. Der alteingesessene Heinrich Münch berichtete leicht aufgebracht:

«Dieser Conradus kommt aus einer gut situierten Familie von Händlern und Krämern, die dem Petersstift Zuwendungen machten, damit sie dort ihr Grab finden konnten. Conradus hat sogar dem Bischof Kredit gegeben, zusammen mit zwei anderen den stattlichen Betrag von sechshundert Pfund.» Peter Schaler ergänzte:

«Ja, und dafür hat er das Dorf Riehen als Pfand erhalten. Kein schlechter Handel.» Heinrich Münch gab sich Conradus gegenüber jedoch betont freundlich gesinnt.

«Wirklich ein Prachtbau, Euer Hof. Mein Münchhof an der Petersgasse kann sich daneben zwar auch sehen lassen, und der Hof Eures Schwagers Zerkinden nebenan ebenfalls. Doch Euer Bau ist beeindruckend, allein die Grösse, dann alles aus Stein und mit gotischen Masswerkfenstern versehen. Solche Fenster hat sonst niemand, man findet sie nur in den Kirchen.» Conradus lächelte geschmeichelt.

«Und im Süden. Wart Ihr schon einmal in Venedig? Dort sehen die Paläste ähnlich aus.»

«Meine Vorfahren waren schon überall, auch auf den Kreuzzügen», entgegnete Münch etwas gönnerhaft, riss sich dann zusammen und fügte hinzu: «Die Malereien hier an den Wänden des Sommersaals und die bemalten Balken sind ebenfalls einzigartig, man kann Euch nur gratulieren.»

«Es sind allein über sechshundert Bilder mit verschiedenen Turnierszenen, Ungeheuern und wilden Tieren, die bekämpft werden, Fabelwesen von unglaublicher Fantasie. Ich habe den besten Maler eingesetzt, den ich finden konnte. Mein Schwager Zerkinden nebenan hat an seiner Decke Rosen hinmalen lassen – Ihr wisst schon, ‹sub rosa› bedeutet, dass man nicht weitererzählt, was unter den Rosen gesprochen wird.

Das hat mich inspiriert zu den Malereien. Heute wird übrigens Konrad von Würzburg ein neues Werk vortragen, *Das Tournier von Nanthiez* heisst es.»

«Ah, unseren Dichterfürsten habt Ihr aufgeboten? Darauf freue ich mich. Habt Ihr auch das Werk in Auftrag gegeben?», fragte Peter Schaler interessiert.

«Nein, nein, ich bin in der Dichtkunst nicht bewandert, ich bin Krämer mit Leib und Seele, mir liegt der Handel näher als die Kunst. Ich kenne auch keine Minnesänger, nur gerade von Walther von der Vogelweide habe ich schon einmal gehört. Ich weiss nicht, wer der Auftraggeber ist, doch ich bin sicher, Konrad von Würzburg wird allen einen grossen Genuss bescheren.»

«Ja, er stellt alle anderen in den Schatten.» Vergessen war die Angst vor einer Eroberung der Stadt, man konnte wieder beruhigt in die Zukunft blicken und gelassen dem Vortrag von Konrad von Würzburg lauschen. Die Adligen kommentierten danach die realistische Schilderung des Turniers mit grösstem Vergnügen.

«Die ritterliche Tugendhaftigkeit wird beispielhaft geschildert. Und der Aufzug der Ritter präsentiert sich als eine Ansammlung der kostbarsten, glänzendsten und farbigsten Materialien, allein schon die Beschreibungen der einzelnen Helmzierden mit Gold und Silber oder Pfauenfedern war beeindruckend.»

«Ja, die Wappen sind hervorragend beschrieben, ich sah sie direkt vor mir», meinte Conrad von Epting.

«Die Wappen und ihr Glanz auf den Schildern im aufgewirbelten Staub und Schmutz auf dem Kampfplatz zeigten aber auch, dass sie mehr sind als nur Zierde. Das wurde sehr schön herausgearbeitet.» Die Damen reagierten eher enttäuscht.

«Viele Damen kamen nicht vor», beklagte sich Werentrud, des Münchs Gattin. Konrad von Würzburg versuchte zu erklären:

«Das ganze Turnier wird doch wegen der schönen Damen abgehalten. Und der König von Dänemark als Frauenritter staffiert sich besonders elegant aus, um den Damen zu gefallen.»

«Nun ja, das ist richtig, doch die Damen selbst spielen keine aktive Rolle. Man hätte doch etwas mehr davon berichten können, wie die Damen die Helden zu Tapferkeit anfeuern oder von den Kampfzeichen, Kopftüchern und Busenschleiern berichten. Das gehört doch auch zu einem Turnier, oder etwa nicht?» Conrad von Epting widersprach:

«Bei einem Turnier dreht sich alles ausschliesslich um den Kampf und um nichts anderes. Und die einzelnen Kämpfe sind hervorragend geschildert.» Johann von Arguel fand ebenfalls, die Damen seien Nebensächlichkeiten, er hütete sich aber, es laut auszusprechen, jedoch schien ihm ein anderer Sachverhalt erwähnenswert:

«Mir gefällt, dass die Probleme des niederen Rittertums angesprochen werden, die Befindlichkeiten der einzelnen Personen und ihre Ausdrucksweisen sind sehr gut getroffen.» Die edlen Damen schwiegen, es gab nichts mehr zu sagen. Konrad lächelte versöhnlich.

«Das Werk soll in erster Linie als Beispiel dienen, wie es den Rittern gelingt, in Einklang zu kommen mit ihrem Stand und den Idealen. Abgesehen davon weiss ich, die Menschen sind nun einmal verschieden und deshalb wird niemand den Beifall aller erringen.»

Dem Königspaar zu Ehren gab auch Graf Diebold von Pfirt in der Stadt ein glänzendes Fest. Einzelne Ritter murrten im Stillen neidvoll und erzählten von düsteren Geschehnissen, nur hinter der Hand, aber doch so, dass es alle mitbekamen. Und die Mägde trugen die Geschichten weiter. Berchta hörte auf dem Markt davon und fragte Konrad beim Essen:

«Was gibt es denn da so hitzig zu reden, wenn der Graf von Pfirt ein Fest ausrichtet? Es wird allerhand gemunkelt, die verrücktesten Geschichten von Mord und Totschlag.»

«Es ist etwas dran, ich weiss allerdings nicht, durch wen die Geschichte mit solcher Schnelligkeit und mit allen Einzelheiten an die Öffentlichkeit dringen konnte, aber die mächtigen Grafen von Pfirt waren lange sehr schlecht angesehen. Es ist schon einige Zeit her, da hat einer der Grafen einen Basler Bischof überfallen in der Nähe von Altkirch. Das musste er schwer sühnen mit einer Harmschar.»

«Dann stimmt das also doch», entgegnete Berchta, «das ist, wenn ein Verurteilter öffentlich einen Hund auf den Schultern tragen muss, nicht wahr?»

«Ja, aber das gilt nur für Leute des Hochadels. Dadurch soll angedeutet werden, dass sie besser getan hätten, bei ihrem Geschäft zu bleiben, als unberufen Kriegswirren anzustiften. Es ist sehr demütigend. Auf offener Strasse musste der Graf von Pfirt die schmähliche Bürde tragen, allen Blicken preisgegeben, durch die ganze Stadt bis zum Münster. Und nach einem Gebet hatte er vor dem Bischof zu erscheinen, um ihn unterwürfig um Verzeihung zu bitten.» Berchta blickt Konrad von der Seite an.

«Und wenn er sich geweigert hätte?»

«Dann wäre er exkommuniziert worden, nicht nur er, sondern ganz Altkirch.»

«Und seine Frau?», fragte Berchta weiter, deren Mitgefühl geweckt war.

«Der Gemahlin wurde diese Schmach erlassen, aber man stellte die Bedingung, dass sie an den Ausbau einer Kirche Geschenke übergebe.» Berchta nickte zufrieden, während Konrad fortfuhr:

«Die Geschichte geht noch weiter: Der Pfirter Graf ist dann meuchlings gefallen durch die Hand eines seiner Söhne. Ein Vatermord! Dieses Vergehen vergisst man natürlich nicht. Und nun beschert ein Enkel dem König ein Fest. Ich wundere mich nicht, dass da einige den Kopf schütteln.»

«Der Sohn hat seinen Vater umgebracht?», fragte Berchta entsetzt und bekreuzigte sich, «das ist ja schrecklich und muss doch bestimmt gesühnt werden.»

«Ja, ich bin mir auch nicht sicher, ob die Sühne des geschändeten Geschlechts überhaupt erloschen ist.»

«Die Grafen von Pfirt sind wohl von altem Adel?»

«Ja, da hast du recht, das wird ausschlaggebend sein. Abgesehen davon kommen alle gerne zu einem Fest mit König Rudolf und seiner Gemahlin.»

«Die Königin soll anschliessend während der Fastenzeit ins Kloster Klingental gehen mit sechs ihrer Damen, um in Ruhe und Stille zu beten, habe ich gehört.»

«Im Kloster sind lauter hochgestellte, adlige Damen. Da lässt es sich gut sein.» Berchta schmunzelte.

«Ich weiss, da würde ich nicht dazu passen, auch wenn du ein berühmter Dichter bist. Aber ich will ja nicht ins Kloster, und unsere Mädchen auch nicht. Das heisst aber nicht, dass wir nicht beten, im Gegenteil. Doch was mich noch wundernimmt: Wirst du an dem Fest des Königs etwas vortragen?» Konrad schüttelte den Kopf.

«Wohl eher nicht. Walther von Klingen, der enge Freund des Königs, ist hier, und er ist ja auch Minnesänger. Ich denke, dass er an die Reihe kommt, obwohl ich nicht weiss, ob er in jüngster Zeit überhaupt noch gedichtet hat. Und mein neues Werk von Peter Schaler, *Partonopier und Meliur,* habe ich bereits mehrmals vorgetragen in der Hohen Stube, und *Das Turnier von Nanthiez* hat der König schon gehört.»

«Und dein Marienlob?»

«Es ist fast fertig, doch passt es nicht an ein solches Fest. Ich hätte noch *Die halbe Birne,* doch diese etwas zotigen Verse sind gar nicht geeignet für königliche Ohren.» Er schmunzelte. Berchta hatte keine Ahnung von diesem Werk, aber von zotigen Versen wollte sie nichts wissen, das war nichts für Frauenohren.

«Und dein *Engelhard,* den du aus dem Lateinischen in Verse gebracht hast?» Konrad kratzte sich am Kopf.

«Ja, der würde sehr gut passen, da wäre alles dabei, Treue, Minne, eine Freundschaft unter Männern – aber wie ich schon sagte, Walther von Klingen wird wohl zum Zuge kommen. Johann von Arguel wird mir dann berichten, wie es war.»

Leider gab es mitten in den Festlichkeiten einen Wermutstropfen: Der König Rudolf und seine Gemahlin Gertrud verloren ihr wenige Monate altes Söhnlein Karl. Feierlich wurde es im Münster beigesetzt. Der neu gewählte Bischof Heinrich von Isny, der Gürtelknopf, hatte die Beisetzungszeremonie zu gestalten. Die ganze Stadt trauerte mit. Auch Berchta war geknickt, erinnerte es sie doch an eigene Verluste. Für die meisten Frauen war es so, denn viele hatten Kinder begraben müssen, es gehörte zum Leben jeder verheirateten Frau. Fast die Hälfte der Kinder erreichte kaum das zehnte Altersjahr. Die hohe Sterblichkeitsrate machte auch bei adligen Häusern keine Ausnahme. Selbst beim König, der sich die beste ärztliche Versorgung leisten konnte, die damals verfügbar war, starben immer wieder Kinder. Demütig nahm man es hin, es war Gottes Wille und weiser Ratschluss.

Die Dirnen in den Freudenhäusern hatten so viel Kundschaft wie schon lange nicht mehr. Lioba war zufrieden. Nur hin und wieder dachte sie an Lisa, und was mit ihr wohl geschehen war in jener Nacht, denn sie war nicht zurückgekommen, trotz der eisigen Kälte.

«Meint ihr, sie ist gestorben? In der finstern, schneidend kalten Nacht konnte sie unmöglich viele Stunden im Freien verbringen, ohne sich den Tod zu holen», meinte Rosa und hustete lange. Ein hohler, böser Husten plagte sie schon seit ein paar Wochen, der Rauch des Feuers reizte und sie hustete, bis sie kaum mehr zu Atem kam.

«Ich denke, man hätte sicher von einer Toten gehört. Vielleicht ist sie in den Rhein …» Lioba liess Mechtild nicht ausreden.

«Vergiss es. Lisa war schockiert, aber nicht lebensmüde, sie hat die Kräuter ja nicht zu sich genommen, auch nicht als Tee. Ich musste ihn schliesslich fortschütten, was hätten wir sonst damit anfangen sollen? Was für ein Verlust!»

«Ich bin froh darüber. Teufelswerk und Teufelsgebräu brauchen wir keine in unserm Haus», erwiderte Ida und bekreuzigte sich.

«Das Kräuterweib war auch spurlos verschwunden am nächsten Tag. Manchmal denke ich, wir haben alles nur geträumt.» Rosa atmete immer noch schwer nach dem Hustenanfall. Es fiel auf, dass sie blasser aussah, müde und apathisch wirkte und immer mehr abmagerte. Lioba beobachtete sie und schüttelte den Kopf.

«Das Kräuterweib wüsste sicher einen Trank gegen deinen hartnäckigen Husten. Er gefällt mir gar nicht.» Rosa holte tief Atem, schob die Unterlippe vor und murmelte:

«Ehrlich gesagt, mir auch nicht. Wenn nur unser Frauenwirt nichts merkt.» Doch genau in diesem Augenblick kam Burchard von Aesch die Treppe herunter und blickte böse auf die versammelten Frauen.

«Wer hustet da ununterbrochen? Ich kann keine kranken Weiber brauchen», fauchte er mit drohendem Unterton. Weshalb ist er nur immer so böse, dachte Lioba und bedauerte Rosa. Sie sah die Angst in ihren Augen.

«Es wird bald aufhören», beeilte sich diese zu versichern, «ich fühle mich schon viel besser, fast wieder gesund.» Der Frauenwirt musterte sie von oben bis unten und meinte:

«Ich sehe keine Besserung, im Gegenteil, ich sehe eine kranke Frau mit eingefallenen, blassen Wangen und fiebrig trockenen Lippen, keineswegs verlockend für einen Freier. Tut mir leid, Rosa, aber wenn es in einer Woche nicht deutlich besser ist, muss ich mich nach einer anderen umsehen. Es gehört nicht zu meinen Aufgaben, kranke Dirnen zu unterhalten.» Die Frauen waren bestürzt und wurden recht nachdenklich. Krankheiten waren eine stetige Bedrohung, denn die meisten konnten nicht behandelt und geheilt werden. Der Tod war immer gegenwärtig, und bei ihnen als Dirnen war auch das Geringste schon ein grosses Übel. Der Gedanke, Rosa zu verlieren, war für alle unvorstellbar, verstand sie es doch meisterhaft, wunderliche Geschichten zu erzählen, schon allein deswegen wollten sie sie nicht ziehen lassen. Die langen dunklen Abende ohne sie würden entsetzlich langweilig werden. Was hatte sie nicht für köstliche Erzählungen im Kopf, von Hexen und Feen, Rittern und schönen Burgfräulein, die diese verführten oder raubten. Lioba liebte besonders die Geschichte vom Spalentier, das direkt vor ihrer Tür passierte, unheimlich war das, vor allem, wenn der Wind durch die Gassen heulte und pfiff. Dann erzählte Rosa mit dumpfer Stimme von dem stinkenden Tier:

«Es kommt heulend die Spalengasse hinauf und saust durch die Vorstadt zum Tor hinaus. Es stinkt furchtbar, man kann es zwar riechen, aber man darf es nicht sehen. Sollte jemand aus Neugier den Kopf aus dem Fenster oder der Tür hinausstrecken, um zu schauen, wie das Tier aussieht, wird der Kopf ganz geschwollen. Einmal hat jemand über das Tier gespottet, sodass sein Kopf, den er dabei aus dem Fenster streckte, so anschwoll, dass man das Fenster ausbrechen musste, um ihn zu befreien.» Was für eine Geschichte! Rosa war nicht zu ersetzen, eine unerschöpfliche Quelle von spannenden Erzählungen. Wie konnte der Frauenwirt sie nur in diesem kranken Zustand auf die Strasse stellen wollen? Wohin sollte sie gehen, schwach, wie sie sich fühlte? Auch Rosas ganzes Hoffen war auf baldige Besserung ausgerichtet, einen anderen Gedanken wollte sie nicht zulassen.

Aber es wurde schlimmer! Die Hustenanfälle folgten immer häufiger, begleitet von einem blutigen Auswurf und Schmerzen beim Atmen. Rosa konnte kaum mehr aufstehen, stützte sich mit der einen Hand an den Wänden und versuchte mit der anderen vergeblich, sich das wirre Haar aus dem Gesicht zu streichen.

«Schwindsucht»[6], flüsterte Ida, «ich kenne das von meiner Schwester, genauso fing es damals bei ihr an und ging auch auf die gleiche Art weiter – bis zu ihrem Tod. Man kann gar nichts dagegen tun.» In der folgenden Woche fluchte Burchard, der Frauenwirt. Er ging erregt in der Küche auf und ab und fuchtelte mit den

---

6 Tuberkulose

Armen, strich sich sein fettiges Haar aus dem farblosen Gesicht, auf seiner Stirn glänzten Schweisstropfen. Er tat sich schwer bei seinem Entscheid, immerhin war Rosa über zehn Jahre für ihn da gewesen, doch dann wies er ihr kategorisch die Tür.

«Mein Haus braucht gesunde Weiber, das muss doch allen einleuchten. Geh zu den fahrenden Dirnen, da kannst du unterschlüpfen. Heute noch. Oder noch besser, du gehst dorthin, wo du hergekommen bist.» Rosa hob mit einem Ausdruck der Hoffnungslosigkeit den Blick.

«Nach Waldenburg? Was soll ich dort? Da gibt es niemanden mehr von meiner Familie.» Der Hurenwirt zuckte mit den Schultern und stieg ohne weitere Worte wieder die Treppe hoch und verschwand. Lioba, Ida und Mechthild standen entsetzt und ratlos da. Sie sahen keine Möglichkeit, Rosa zu helfen, sie waren machtlos.

«Das war es wohl», flüsterte Rosa geknickt, «zu alt, zu krank, zu nichts mehr nutz.»

«Wir werden jeden Tag nach dir sehen», versicherte Lioba und die anderen nickten eifrig. Doch als sie am folgenden Tag zu Rosa schauen wollten, fanden sie sie nirgends, in keinem der bescheidenen Häuser am Kohlenberg, die für die Fahrenden als Unterkunft dienten. Niemand hatte sie gesehen, niemand konnte über ihren Verbleib Auskunft geben. Vielleicht war Rosa doch nach Waldenburg gewandert?

«Oder ist sie vielleicht in einem der Beginenhäuser untergekommen? Die Beginen pflegen die Kranken mit grossem Einsatz.» Alle drei standen um die Herdstelle und fühlten sich eigenartig, irgendwie unvollständig. Rosa fehlte ihnen sehr. Sie hatten es kommen sehen, es längst geahnt und jeden Tag erwartet, trotzdem war eine Lücke entstanden, die sie alle traurig stimmte. Aber sie wussten, lange wäre es nicht mehr gegangen, die Krankheit und der Tod waren nicht aufzuhalten. Aber diese Ungewissheit über den Verbleib von Rosa war schwer auszuhalten.

Schon drei Tage später erschien eine nicht sonderlich grosse, aber bemerkenswert gut aussehende junge Frau mit blonden Haaren, üppigem Busen und breiten Hüften in der Küche, blickte sich kritisch um und fragte ohne Begrüssung: «Wo kann ich schlafen?» Lioba wechselte einen raschen Blick mit Mechtild.

«Ich bin Lioba, das ist Mechtild und dort drüben schläft Ida. Jede hat eine Ecke mit Stroh für sich. Und wie heisst du?»

«Ach so, ich bin Greta.» Mehr kam nicht. War sie arrogant oder einfach unsicher? Es scheint eine verschwiegene Person zu sein, dachte Lioba leicht empört über dieses Benehmen und blickte ratsuchend zu den andern, hoffentlich verbirgt sie nichts! Greta schaute sich weiter um und erblickte die Treppe.

«Und da oben?», fragte sie kühl.

«Da wohnt Burchhard von Aesch, der Frauenwirt, und zudem sind da die Zimmer, in die wir gehen, wenn ein Freier kommt», entgegnete Lioba ebenso frostig, deutete dann auf die Feuerstelle und fügte hinzu: «Und hier gibt es Suppe oder Haferbrei, oder was wir sonst bekommen, der Holzlöffel liegt daneben.» Der Schein des Feuers fiel auf das Gesicht von Greta und liess ihre Augen kalt aufblitzen, sodass Lioba erschauerte. Die hellen Augen erinnerten an eine Katze, es war ein Blick ohne Wärme, starr und eisig. Sie fühlte sich nicht wohl, etwas Undefinierbares, Unheimliches füllte den Raum, das Gefühl eines nahenden Unglücks beschlich sie – oder war es gar teuflisch? Etwas in Gretas Augen machte ihr fürchterliche Angst. Es ist seltsam mit den Vorahnungen, dachte sie, Rosa hätte es bestimmt zu deuten vermocht, aber sie war nicht mehr hier. Greta hingegen wandte sich wortlos um, lief in die Kammer und legte sich auf das freie Strohlager in der Ecke. Mechtild, Ida und Lioba taten, als ob alles ganz normal abgelaufen wäre, folgten Greta und legten sich in ihre Ecken. Schlafen konnten sie nicht. Sie ist sonderbar – sehr sonderbar, dachten sie alle.

Am 29. Juni gab es Hochwasser! Es regnete nicht nur sehr stark und ohne Unterbruch, stundenlang, die ganze Nacht hindurch und auch den folgenden Tag, die Schauer waren erst noch begleitet von Blitz und Donner. Der Rhein stieg höher und höher. Unbändig strömte das Wasser daher, überflutete in Kleinbasel die Ufer und ersten Gassen, aber auch in Grossbasel bei der Schifflände standen die Häuser tief im Wasser, ebenso überschwemmte der sonst meist bescheidene Fluss Birsig die Innenstadt, riss Hühnerställe und andere Tierbehausungen mit. Die Ratten flohen in Scharen. Die Zunftleute eilten zu ihren Waffen, denn in Notsituationen war die Stadt besonders gefährdet und die Stadtmauer musste gut bewacht werden. Mit grosser Sorge beobachteten die Leute die dunkelbraune Wassermasse des Rheins, die gefährlich an den Brückenpfeilern und Hölzern rüttelte und Baumstämme und Schwemmholz mit sich führte. Schliesslich hielt die Brücke den Gewalten nicht stand, mehrere Joche wurden weggerissen. Über hundert Leute starben, ertranken in den Fluten, und dazu auch unzählige Tiere.

«Es ist eine Strafe Gottes», flüsterten alle bedrückt. Die Prediger in den Kirchen doppelten nach:

«Tut Busse! Es steht geschrieben: Seid nüchtern und wachet; denn euer Widersacher, der Teufel, geht umher wie ein brüllender Löwe und sucht, wen er verschlinge.» *Kyrie eleison,* Herr erbarme Dich, beteten die Leute in den Kirchen inbrünstig und knieten nieder, dicht gedrängt, *miserere nobis,* hab Mitleid. Unglück und Tod gehörten zum Alltag. Man lebte in steter Furcht vor Blitz und Donner, Feuer, Überschwemmungen, Hungersnot und vor den vielen unerklärlichen Krankheiten und den kriegerischen Ereignissen, alles brachte ein stetes Gefühl der Unsicherheit mit sich. Nicht zu vergessen die Angst vor dem Teufel und dem Höllenfeuer am Tag des Jüngsten Gerichts. Doch man wusste, alles war Gottes Plan und Wille. In ihrer Not suchten die Menschen Hilfe bei Maria und den Heiligen. *Sancta maria ora pro nobis*, Heilige Maria bitt für uns, flehten sie unter Tränen.

«Es hat unsere Stadt schwer getroffen. Gottes Allmacht hat uns vor einer kriegerischen Eroberung durch Rudolf von Habsburg behütet, und wir atmeten auf. Doch jetzt müssen wir diese Überschwemmung und die vielen Todesfälle verarbeiten, die Brücke wiederherstellen und die Häuser vom Schlamm befreien», meinte Heinrich Iselin bei der Ratssitzung mit seiner ruhigen, besonnenen Stimme, und Johann von Arguel pflichtete ihm bei: «Es hat vor allem die Armen erwischt, die Handwerker und Fischer, welche nahe am Rhein leben oder entlang des Birsig. Überall liegen dicker, zäher Schlamm und viel Holz. Die Leute helfen sich gegenseitig, wie es sich für gute Nachbarn gehört.»

«Ich denke, wir müssen uns vor allem um die Wiederherstellung der Brücke kümmern, natürlich zusammen mit dem Bischof», ergänzte Ritter Reich, welcher vor einiger Zeit Bürgermeister geworden war. Niemand kam auf den Gedanken, zu widersprechen, in der Not waren sich die Parteien einig. «Ich bin froh, hat König Rudolf schon vor einigen Wochen Basel verlassen, diese Überschwemmung hätte kein gutes Licht auf unsere Stadt geworfen, auch wenn wir alle wissen, dass es Gottes Wille war», fügte er hinzu, «aber wenn er wiederkommt – und König Rudolf hat es auf Martini angekündigt –, darf von den Überschwemmungen nichts mehr zu sehen sein.»

«Ich denke, es braucht viel Geld, um die Brücke rasch wiederherzustellen. Wie sollen wir das finanzieren?»

«Natürlich müssen wir Kredit aufnehmen bei den Juden, so wie es üblich ist, den Christen ist es ja nicht gestattet, Geld gegen Zins zu verleihen», antwortete Heinrich Iselin.

«Wohl am ehesten beim Mächtigsten, dem Salman Unkel. Er besitzt ein Haus beim Richtbrunnen an der Gerbergasse[7].» Die Wohnungen der Juden sowie die Synagoge befanden sich alle rund um den Rindermarkt[8], ganz in der Nähe des Kornmarkts. Es waren etwa zwölf Häuser. Sie zahlten dafür dem Leonhardstift, dessen Sprengel es war, jährlich einen Bodenzins.

«Ich könnte mir auch andere Geldgeber vorstellen. Ich denke dabei an die Lombarden, die seit ein paar Jahren bei uns ansässig sind. Da gibt es zum Beispiel Albertinus, oder auch Rudolf von Mailand. Sie geben ebenfalls Kredite. Wir werden uns mit dem Bischof absprechen müssen», nickte Bürgermeister Reich bedächtig. Schon länger traten vermehrt italienische

---

7 Basiliskenbrunnen/Quelle, dort hielt das Leonhardstift unter einem Baum Gericht ab.

8 Heute Untere Gerbergasse

Kaufleute als Bankiers in europäischen Städten auf und finanzierten über Kredite den Handel, weil ihnen ein grösseres Kapital und gute Beziehungen zur Verfügung standen. Von der Kirche war zwar auch ihnen ein Zinsverbot auferlegt, das sie aber klug zu umgehen wussten. Sie bekamen zum Beispiel das Privileg, Zoll und Steuerrechte eines Landesherrn zu verwalten, und konnten so den Kredit nebst den Zinsen selbstständig wieder eintreiben, ohne dass es auffiel.

«Der Bischof ist noch mit König Rudolf unterwegs, um vom Papst die Wahl zum König bestätigen zu lassen. Wir müssen selbst entscheiden und dann natürlich auch mit seinem Stellvertreter reden.»

«Was geschieht mit Kleinbasel?»

«Nun, es hat ein eigenes Rat- und Richthaus und kann für sich entscheiden. Ich nehme an, dass der zuständige Bischof von Konstanz dafür sorgen wird, dass auch dort alles wieder in Ordnung kommt, mindestens was die kirchliche Seite betrifft. Die Steinpfeiler der Brücke auf der Kleinbasler Seite haben dem Hochwasser standgehalten, es sind die Holzkonstruktionen auf unserer Seite, die zum Teil erneuert werden müssen, und zwar rasch. Wir müssen sofort damit anfangen. Ohne festen Rheinübergang geht gar nichts mehr. Die nächste Brücke über den Rhein ist erst wieder in Rheinfelden.»

«In Kleinbasel stand der Boden der Niklauskapelle unter Wasser. Die Fluten konnten bei jenem Durchgang eindringen, dort, wo man zur Rosstränke am Rhein hinuntergehen kann.»

«Und das Pilgerhaus, die Elendenherberge? Sie steht doch in der Nähe der Kapelle.»

«Die Herberge natürlich auch. Man wird ausser dem Schlamm, der auch da zurückgeblieben ist, alle feuchten Strohlager ersetzen müssen. Aber die stinkenden und faulenden Bettlager zu erneuern, kann nur von Vorteil sein.» Die Herren lächelten etwas herablassend.

«Das Kloster der Klingentalerinnen hat es auch erwischt, denn es steht sehr nahe am Rheinufer. Zum Glück ist es noch nicht bezogen, die Nonnen weilen noch in Wehr. Walther von Klingen, der es gestiftet hat, wird sicher dafür sorgen, dass von den Überschwemmungen bald nichts mehr zu bemerken ist. Gegen den Rhein sind zum Glück praktisch keine Öffnungen in der Mauer. Die Bauleute sind sowieso vor Ort, weil noch die Kirche und das Kloster weitergebaut werden müssen.»

«Kann man sich darauf verlassen, dass Walther von Klingen für Ordnung sorgt?», fragte ein Ratsmitglied. Bürgermeister Reich gab bereitwillig Auskunft.

«Selbstverständlich. Er stammt aus dem Freiherrengeschlecht derer von Altenklingen. Als er noch auf seiner Burg Klingnau in der Nähe von Waldshut lebte, ist Walther von Klingen auch als Sänger hervorgetreten. Es gibt vier Töchter, seine drei Söhne hat er alle verloren. Seither förderte er mehrere Klöster, auch ein

Dominikanerinnen-Kloster in Wehr. Dieses will er nun nach Basel verlegen. Für unsere Stadt ist es ein Gewinn, denn es ist vor allem für wohlhabende, adlige Frauen gedacht.»

«Und nicht zu vergessen: Er ist ein enger Freund von Rudolf von Habsburg. Als dieser zum König gewählt wurde, trat Walther von Klingen seinem Gefolge bei. Als sein Vertrauter begleitet er ihn oft auf den zahlreichen Reisen, auch jetzt zum Papst.»

«Und König Rudolf schuldet ihm eine Menge Geld, mindestens tausendeinhundert Silbermark», wusste Johann von Arguel. Diese Mitteilung rief ein reges Gemurmel hervor. «Nun, jeder Herrscher braucht bekanntlich Geld», fuhr Johann von Arguel fort, «doch wir sollten uns vermehrt auf die Handwerker verlassen, auf ihre Kraft und ihren Willen. Das Gedeihen der Stadt ruht auch auf ihnen. Und die Qualität der Zünfte nicht zu vergessen, für den Wiederaufbau sind die Maurer, Steinmetze und Zimmerleute wichtig.» Der Rat hatte gerade auf spezielles Betreiben von Johann Arguel nach langer Diskussion den Bäckern einige Privilegien zugesprochen, denn Brot und Getreide waren Hauptnahrungsmittel. Für den Verkauf von Brot hatte jeder Bäcker ein jährliches Marktgeld zu entrichten. Die in den Vorstädten wohnenden Bäcker zahlten nur die Hälfte, denn wegen der Feuergefahr war man froh, dass sie die Öfen ausserhalb der Stadt betrieben. Die Adligen hoben gelangweilt die Brauen. Sie wussten, dass Johann nicht unrecht hatte, aber sie hätten es nie zugegeben. Ohne den Adel lief in ihren Augen nichts, die Rangordnung war seit Langem immer dieselbe, auch wenn es sich erwiesen hatte, dass kein Stand ohne den anderen leben konnte: zuerst die Geistlichkeit und der Adel, danach das arbeitende Volk, die Handwerker und Bauern.

5. Kapitel

Ez ist ein dinc vil wunderlich,
swer nâch dem tôde wirbet,
daz der vil kûme stirbet,
und der des tôdes nit engert,
der wit vil schiere sîn gewert.

Es ist ein wunderliches Ding,
dass wer den Tod herruft,
nicht findet hin zur Gruft,
doch wer ihn sucht zu meiden,
wird bald schon ihn erleiden.
(Partonopier und Meliur)

Der folgende Winter war auch in diesem Jahr grausam kalt und dauerte sehr lange. Es war eine Jahreszeit, die man irgendwie zu überstehen versuchte. Man sass rund um die Herdfeuer, erzählte sich Geschichten und betete, dass die Kälte bald ein Ende nehmen würde. Am schlimmsten war der eisige Wind, der durch alle Ritzen fegte. Viele wurden krank, schleppten sich durch die Tage, manche starben an den unerklärlichen und unheilbaren Krankheiten, Lungenentzündungen und Fieber. Der Schnee lag wochenlang auf den Feldern, viele Vögel erfroren, und die Ratten schliefen dicht beisammen in ihren Löchern. Zu einer Plage wurden bald einmal auch die Wölfe, die in den Wäldern ringsum die Stadt heimisch waren. Mager, hungrig und lautlos schlichen sie um die Dörfer. Sie waren unheimliche und gefürchtete Gäste, die bei dieser Kälte und in Ermangelung irgendwelcher Beute immer näher zu den Menschen vordrangen.

«Wir müssen handeln», rief man im Rat, «wir müssen eine Lösung zu finden. Wölfe zu jagen ist nicht einfach, eine echte Herausforderung. Im nahen Elsass haben sie Kinder angegriffen, es sollen mehrere getötet und gefressen worden sein», berichtete ein Ratsmitglied sorgenvoll.

«Auch anderswo sind einzelne Menschen von einem Wolfsrudel angefallen worden, vor allem die einsamen Hirten und Hüter auf den Feldern. Alle unsere Hirtenbezirke zu St. Johann, zu Spalen, zu Aeschen und St. Alban sind in Gefahr.»

«So ist es. Gestern wurde auch unser Hirt der Gutswirtschaft des Spitals von Wölfen angegriffen. Drei Meilen weit von der Stadt weg darf geweidet werden. Das haben die Wölfe längst begriffen. Die Hirten sind ihnen dort schutzlos ausgeliefert.»

«Es ist schon schlimm genug, dass sie die Schafe, Ziegen, Schweine und sogar Kühe anfallen. Wir müssen Wolfsgruben anlegen, auch wenn sie meist keinen Erfolg bringen. Wir können doch nicht tatenlos zusehen, wie die Wölfe unsere Tiere wegfressen.»

«Die Bauern versuchen es mit Hacken und Mistgabeln, Äxten, Sensen und grossem Geschrei, aber es bringt nicht viel. Die Wölfe rennen weg, aber in der folgenden Nacht sind alle wieder da.»

«In den Wäldern rund um unsere Burgen ist es ebenfalls schlimm. Man versucht mit Treibjagden, die Tiere loszuwerden, aber wie überall mit wenig Erfolg. Es bleibt nur, auf einen baldigen Frühling zu hoffen, der den Schnee wegfegt.»

Als endlich der Frühling kam, der Schnee geschmolzen war und die kalten Winde nachgelassen hatten, atmeten alle befreit auf. Endlich konnte man wieder im Freien arbeiten, wo es genügend Licht hatte. In den Gassen vor den Häusern sah man nun die verschiedenen Werkplätze, wo der Kupferschmied seine Kessel und der Wagner seine Räder fertigte.

Berchta sass zusammen mit den Kindern in der Kammer am Spinnrad, wie gewöhnlich in ihrem grauen Kleid, dem weissen Halstuch und der Haube, die ihre braunen Haare bedeckte. Sie war bis jetzt kaum einmal über den Stadtrand hinausgekommen, sie bewegte sich stets innerhalb der Mauern, meist lief sie nur bis zum Markt auf dem Münsterplatz oder den Rheinsprung hinunter zum Fischmarkt, um einzukaufen. Während sie ihr Rad drehte, lauschte sie auf die Stimmen im Zimmer nebenan. Ein wichtiger Besucher war zu Konrad gekommen, der hochangesehene Ritter Peter Schaler, gross, breitschultrig, ein kühner, etwas hochmütiger Mann, mit festem, strengem Mund, seiner Bedeutung bewusst – er strahlte Energie, Entschlossenheit und

Willen aus. Durch die Holzwand vernahm sie die Stimme des Gastes nur undeutlich, doch Berchta bemerkte erleichtert, dass es ein sachliches Gespräch sein musste, keine Aufregung war zu spüren. Sie begann leise zu singen, es war ihre Art, die Kinder zu beruhigen, damit sie keinen Lärm verursachten. Als der Besucher fortgegangen war, kam Konrad frohlockend zu ihr in die Stube.

«Nun werde ich mich hinter einen grossen Auftrag von Peter Schaler machen. Es wird mich die nächsten Monate, vielleicht sogar Jahre beschäftigen. *Partonopier und Meliur* wird ein Roman, bei dem alle Themen berührt werden, Minne, Abenteuer, Ost und West, Christentum und Islam.» Berchta verstand nur die Hälfte von dem, was Konrad ihr gerade begeistert erzählte. Sie freute sich trotzdem mit.

«Da hast du dir ja etwas vorgenommen!»

«Du hast recht, es ist eine Herausforderung, aber ich freue mich darauf. Die Quelle des Werkes ist in Französisch verfasst. Ich kann zwar etwas die Sprache, aber da sind so viele unübliche Wörter darunter und in Versform schwer verständlich, dass ich Hilfe brauchen werde. Ich hoffe, dass Heinrich Marchant sich bereit erklärt, mir zu helfen bei der Übersetzung. Das verlangsamt den Prozess allerdings, aber anders geht es nicht.»

«Kannst du denn mit diesem Auftrag gleich beginnen? Ich dachte, du steckst noch mitten im Marienlob.»

«Ja, das ist wahr. Ich habe Peter Schaler natürlich erklärt, dass ich diese Bestellung zuerst fertig machen möchte. Aber er ist ungeduldig und will nicht warten. Ich muss sehen, wie ich beides nebeneinander dichte.»

«Das Marienlob musst du auf jeden Fall fortsetzen. Ich finde es wunderbar, dass du es schreibst. Unser Münster als Marienkirche mit den vielen Rosen – es passt so schön dazu.»

«Ja, es wird eine grossartige Einheit. Übrigens, da fällt mir ein: Peter Schaler hat auch noch berichtet, dass Augustiner-Eremiten hierherkommen werden. Sie bauen ihr Kloster genau gegenüber von uns.» Berchta staunte.

«Ein Kloster der Augustiner? Hier in unserer Gasse? Du lieber Himmel! Haben wir nicht schon genug Klöster in der Stadt? Die Dominikaner, die Franziskaner, die Cluniazenser?»

«Nun, jeder Orden hat seine Eigenart. Die Cluniazenser im St. Albantal, die ja schon sehr lange bei uns sind, betreiben ‹ora et labora›, also ‹bete und arbeite›. Sie haben das ganze Gebiet urbar gemacht. Die Franziskaner sind ein Bettelorden und haben sich der Armut verpflichtet, eine Bewegung aus Laien und Klerikern. Der Orden der Dominikaner widmet sich der Gelehrsamkeit und der Glaubensvertiefung. Er hat grosse Gelehrte wie Albertus Magnus hervorgebracht. Du weisst, dass ich mit ihnen regen Kontakt pflege, es ist immer sehr anregend und bereichernd, mit einem Dominikaner zu reden. Einer hat kürzlich sogar eine Sonnenfinsternis berechnet, stell dir das vor! Und diesmal ist der Rat von Basel die treibende Kraft, um die Augustiner nach Basel zu holen, hat mir Peter Schaler anvertraut, dem diese Niederlassung wichtig ist. Der Rat will sich dann im Refektorium des Klosters treffen für Verhandlungen und Feierlichkeiten.»

«Und was sind die Regeln der Augustiner?»

«Es ist auch ein Bettelorden. Sie ziehen sich nicht in einsame Gegenden zurück, um dort das beschauliche Gebet zu pflegen, sondern siedeln sich in der Regel in den Städten an. Sie kümmern sich vor allem um Predigt und Seelsorge.»

«Und das Kloster wird genau uns gegenüber gebaut? Die anderen Klöster entstanden doch alle zuerst vor der Stadtmauer.»

«Das stimmt, doch einige kamen später bald in den Schutz der Mauer, die Franziskaner zum Beispiel an den Barfüsserplatz. Die Kirche der Augustiner soll an der Ecke zur Martinsgasse erstellt werden, der Chor sicher gegen Osten, also zur Gasse hin, ich denke uns gegenüber werden die Gebäude nicht so hoch werden. Was hast du denn gegen ein Kloster? Du gehörst doch sonst zu den geduldigen Geschöpfen, die man nur bei den Frauen findet. Was stört dich daran?»

«Ich habe nichts gegen das Kloster, nur gegen den Lärm, bis es gebaut ist. Und natürlich wäre mir ein Privathaus lieber gewesen, da wäre eine Hausfrau darin, mit der ich Kontakt pflege könnte, so wie mit der Frau des Arztes Dietrich nebenan.»

«Ja, mit den Augustinerherren wird das weniger möglich sein», schmunzelte Konrad. Berchta lächelte, und bevor sie wieder das Rad betätigen und weiterspinnen konnte, meldete die Magd einen neuen Besucher: Johann von Arguel. Heute geht es bei uns zu wie in einem Bienenhaus, ein ständiges Hin und Her von lauter wichtigen Personen, dachte Berchta, aber es schmeichelte ihr. Sie begrüsste Johann, wie es sich als Hausfrau gehörte und führte ihn zu Konrad. Sie tauschten keine langen Höflichkeitsfloskeln aus, dazu kannten sie sich zu gut. Johann kam auch gleich zum Grund seines Besuches, wie es seine Art war.

«Der Bischof war wie erwartet sehr angetan von Eurer Dichtung der *St. Pantaleon-Legende,* auch wenn es sich herausgestellt hat, dass Pantaleon und Pantalus zwei verschiedene Heilige sind. Davon habe ich Euch ja bereits berichtet.» Konrad nickte zerknirscht.

«Ja, es tut mir leid. Wer konnte schon ahnen, dass es einen heiligen Pantalus, unsern ersten Basler Bischof, und erst noch einen heiligen Pantaleon gibt, und ich ausgerechnet den Falschen auswählen musste?»

«Ihr könnt Euch vorstellen, wie ich mich fühlte, als der Bischof es mir sagte. Er hat jedoch gleich angefügt, die beiden Heiligen mit ihrem ähnlichen Namen könne sowieso niemand auseinanderhalten. Und eine Heiligenlegende sei ja dazu da, nicht nur spannend und packend zu unterhalten, sondern auch erzieherisch zu wirken, da spiele es keine Rolle, ob der Name so oder anders laute. Darauf habe ich mein Anliegen vorgebracht, dass ich den Galgen von der Lyss zum Weg nach St. Jakob versetzen lassen möchte, und der Bischof hat geantwortet, er wolle es sich überlegen.» Aha, dachte Konrad, das war also der Hintergedanke. Laut sagte er:

«Ich ahne, wie es weiterging: Rudolf von Habsburgs Belagerung kam dazwischen, seine Wahl zum König und schliesslich ein Sterner als Bürgermeister und ein neuer Bischof, Heinrich der Gürtelknopf. Damit war die ganze *Pantaleon*-Legende für die Katz.»

«Nun, so würde ich es nicht sehen. Es ist eine grossartige Dichtung von Euch, und meinem Seelenheil wird es bestimmt helfen, und das hat es nötig», entgegnete Johann mit seinem gewohnten, leicht selbstgefälligen Lächeln.

«Und, wie geht es nun mit Eurem Galgen weiter?»

«Mit Bürgermeister Eptingen von der Partei der Sterner komme ich als Psitticher nicht klar. Zudem dachte ich, dass der neue Bischof Heinrich der Gürtelknopf sich erst zurechtfinden müsse in seinem Amt. Da wollte ich nicht zu rasch mit meinem Anliegen vorpreschen. Angestrengt habe ich nach einem anderen Weg gesucht, doch weil ich keinen fand, habe ich schliesslich kurzerhand doch um eine Unterredung mit ihm gebeten. Ihr wisst, ich gehöre nicht zu den geduldigen Leuten.»

«Ganz schön mutig. Und, hat er mit Euch geredet?»

«Ja, das hat er, aber ich habe leider keine Sympathie gefunden, der Bischof war viel zu reserviert. Er sass da, selbstzufrieden und gerecht, und hat mit etwas nörglerischer Stimme sehr ausweichend geantwortet. Es ist mir nicht gelungen, verständlich zu machen, warum ich mich mit dem jetzigen Standort des Galgens nicht begnügen will. Er denkt in grösseren Dimensionen. Das liegt wohl an seinem Kontakt mit dem König. Irgendwie ist mir mein Anliegen selbst lächerlich vorgekommen. Ich habe alles falsch angefangen, so verkehrt, dass ich schliesslich vollends verstummt bin. Ich hätte mich ohrfeigen können.» Mit gefurchter Stirn sass Johann auf seiner Bank, tief in Gedanken versunken. Die Schwierigkeiten würden ihn nicht davon abhalten, weiterzumachen. Die Frage war nur: Wie könnte er weiter vorgehen? Er hob den Kopf.

«Ich ärgere mich – vor allem über mich selbst. Ich komme mit meinem Galgen-Projekt einfach nicht vorwärts. Dabei hat es sich so gut angelassen. Als kluger und scharfsinniger Mann sollte ich doch fähig sein, das Problem erfolgreich zu bewältigen», schloss er wütend. Konrad fand die Geschichte eher erheiternd, Johann erkannte einen Anflug von Belustigung auf seinem Gesicht. Konrad wusste, Johann war ein Mensch, der oft Erfolge verbuchen konnte. Er handelte in spontaner Art und Weise, ohne sich selbst lang Rechenschaft darüber zu geben, ob es auch klug sei. Trotzdem suchte Konrad nun nach anderen Möglichkeiten.

«Vielleicht ist der Bau des Augustinerklosters, das ja vom Rat in die Wege geleitet wird, eine Möglichkeit, wieder an das Gespräch mit dem Bischof anzuknüpfen?»

«Ja, das ist ein guter Gedanke. Oder soll ich dem Bischof nach der nächsten Jagd etwas vom Wild zukommen lassen? Er scheint einem guten Essen nicht abgeneigt zu sein, so wie er aussieht.» Jagen war nur dem Adel vorbehalten, Wild deshalb ein Leckerbissen. Grosswild jagte man mit dem Jagdspiess und Wurfspeer, kleinere Tiere wie Hasen und Rehe mit der Armbrust, obwohl diese im Kampf als unritterlich angesehen wurde. Bei der Jagd jedoch benutzte man sie gerne, weil sie geräuschlos war, abgesehen von den Falken. Auch die Falkenjagd war ausserordentlich beliebt.

«Habt Ihr schon gehört, dass ein einziger Falke kürzlich über achtzig Enten und neun Fasane erbeutet haben soll?»

«Ja, davon habe ich gehört. Vielleicht ist es ein wenig übertrieben, so wie die Geschichte vom Jagdhund des Ritters Zecho, der eine Leiter hinauf- und hinabsteigen könne. Das kann ich nicht glauben. Doch bei der Falkenjagd haben es tatsächlich einige Tiere zu grossen Fertigkeiten gebracht. Aber was den Bischof anbelangt: Ich würde vorsichtig zu Werke gehen. Habt etwas Geduld.» Johann schlug mit der Hand auf seinen Oberschenkel und rief laut:

«Aber ich bin kein geduldiger Mensch! Natürlich sollte ich ihm Zeit lassen. Ich habe mir geschworen, den Galgen am Weg zu St. Jakob aufzustellen, und wenn ich es mit eigenen Händen tun muss! Niemand rechnet mit meiner Zähigkeit und Ausdauer.»

«Ich wünsche Euch viel Glück dazu. Ich werde mich unterdessen mit meinen beiden grossen Aufträgen beschäftigen, einem Marienlob und *Partonopier und Meliur.* Sie brauchen auch Geduld und Ausdauer.»

«Meliur und wer? Wovon handelt es?», fragte Johann neugierig. Konrad ereiferte sich sofort. Es war schön, wenn jemand Interesse an seiner Arbeit zeigte.

«Meliur und Partonopier sind ein Liebespaar. Es macht mir einigen Kummer, denn die Handlung ist recht kompliziert, dazu kommt, dass die Quelle in französischer Sprache geschrieben ist. Heinrich Marchant übersetzt den Text, und auch Arnold Fuchs steht mir beratend bei. Die Handlung lässt sich nicht so leicht zusammenfassen, aber es hat von allem etwas, Minne, Treue, Flucht und Kämpfe, König und Sultan, fremde Länder. Die Fremde ist in der Dichtung immer gut, es ist etwas, worüber man lachen kann, sich aber auch davor graust – und es handelt natürlich auch von Tabus und Erfüllung.»

«Grossartig. Und wer ist dieser Partonopier und wer ist Meliur?»

«Er ist Graf von Anjou und Blois, und Meliur ist die zauberkundige, feenhafte Tochter des Kaisers von Konstantinopel. Er liegt nachts auf seinem Lager, und da steigt in der Dunkelheit ein Mensch zu ihm, er merkt, dass es eine Frau ist, und es kommt zur Vereinigung.» Johann grinste.

«Wer würde sich schon so eine Gelegenheit entgehen lassen!»

«Partonopier verliebt sich in die Jungfrau, die mit ihm im Bett liegt, er kann sie aber nicht sehen, denn Meliur ist unsichtbar. Erst nach zwei Jahren darf er sie heiraten, und er muss ihr in dieser ganzen Zeit treu bleiben, obwohl er sie nicht sehen kann. Dieses Tabu bricht er, und nun hat er verschiedenen Prüfungen zu bestehen, um die Geliebte zurückzugewinnen. Die gefährlichen Bewährungsproben des Helden in der Fremde lassen sofort an die Abenteuer unserer Ritter auf den Kreuzzügen denken. Am Schluss, an einem Turnier, an dem neben Herrschern des Orients der gesamte westliche Hochadel teilnimmt, erweist sich Partonopier als überlegener Kämpfer, sodass Meliur ihn schliesslich doch zum Gatten erwählt.»

«Also eine Mischung von Wirklichkeit und Fantasie, dazu die Fremde und ein Zauberwesen – doch, das wird mir bestimmt gefallen. Es scheint ein grosser Auftrag zu sein.»

«Ja, Peter Schaler hat es bestellt.» Das hörte Johann gar nicht gern, war doch Peter Schaler, obwohl in derselben Partei, immer ein Konkurrent von ihm. Sie hatten meist unterschiedliche Auffassungen. Sofort machte er eine etwas herablassende, gelangweilte Miene. Konrad erkannte es mit einem Blick und musste innerlich lächeln. «Das Besondere an meinem neuen Werk ist zudem», fuhr er fort, «dass Partonopier immer wieder auch Schwäche zeigt und manchmal Unentschlossenheit an den Tag legt. Doch zum Schluss ist er derjenige, der die Fäden in der Hand hält.» Johanns Stimmung hellte sich auf.

«Eine Hauptfigur, die Schwäche zeigt? Das passt nicht unbedingt zu Peter Schaler.»

«Aber die Fäden in der Hand zu haben schon», meinte Konrad schmunzelnd.

«Soviel ich weiss, verlässt Peter Schaler bald die Stadt, um auf seiner Burg dafür zu sorgen, dass seine Leibeigenen die Felder bestellen, die Wiesen mähen, pflügen, dreschen und die Ernte einfahren. Das ist wichtig, denn schliesslich lebt er von den Erträgen.»

«Dazu kommt, dass er wieder eine neue Burg bauen lässt, nur ein paar hundert Schritte entfernt von seiner Burg Engenstein bei Pfeffingen, die Burg soll Schalberg heissen», wusste Konrad zu berichten. Johann von Arguel schluckte. Sein Konkurrent baute eine neue Burg, und er schaffte es nicht einmal, einen Galgen verschieben zu lassen! Er liess sich seine neidvollen Gedanken auf das Hab und Gut des anderen aber nicht anmerken. Allerdings gehörte Neid zu den sieben Todsünden und wurde als eine besonders schwere Verfehlung angesehen, aber wen kümmerte es?

«Gibt es wieder so einen schlauen Zugang wie bei der Burg Engenstein? Der steile Durchgang zur Anlage über die Felsrippe ist so eng, dass sie nur von einem einzelnen Menschen begangen werden kann.»

«Ich weiss nicht, ob das wieder möglich ist. Das war ein Glücksfall. Etwas Ähnliches wird er kaum nochmals finden im Gelände. Es wird sich zeigen, denn es dauert wohl ein paar Jahre, bis die Burg gebaut ist.»

«So ist es wohl – und bis die Burg fertig ist, wird mein Galgen im Gellert auch erstellt sein, das verspreche ich Euch. Ich mach mich nun wieder auf den Weg, ich wollte nur kurz sehen, wie es Euch geht und von meinen Problemen berichten. Gehabt Euch wohl», verabschiedete sich Johann, lief die Treppe hinunter und schwang sich draussen auf sein Pferd. Es war nicht weit bis zu seinem Haus an der Freien Strasse, aber in seinem Stand ging man nicht zu Fuss.

Die neue Kollegin Greta im Freudenhaus auf der Lyss sprach auch in den folgenden Tagen nicht ein einziges Wort, ja sie vermied offensichtlich jede Gelegenheit, mit jemandem zu reden. Die völlige Gleichgültigkeit im Verkehr mit Lioba, Mechthild und Ida war begleitet von einer fühlbaren Geringschätzung, oder war es gar Hass? Sie gab sich keine Mühe, ihre Abneigung gegen sie zu verbergen; das war deutlich spürbar und verunsicherte die drei anderen.

«Wozu soll das gut sein, wenn sie nur schweigt?», fragte Ida sichtlich irritiert, «sie wird uns deshalb nicht los, und wir sind doch irgendwie aufeinander angewiesen.» Mechthild stimmte ihr zu und fuhr sich durch die Haare.

«Ich teile nicht gerne ein Zimmer mit jemandem, der nichts von mir wissen will. Was unser Frauenwirt nur an ihr findet?» Lioba zuckte mit den Achseln und scheuchte ein Huhn aus der Küche, das sich zu ihnen verirrt hatte. Laut protestierend flatterte es hinaus auf die Gasse.

«Nun, sie ist doch recht ansehnlich, sie hat das gewisse Etwas, das ein Freier sich wünscht.»

«Ausser schlechten Zähnen und einem leeren, lasterhaften Gesicht ohne Lächeln», urteilte Mechthild hart.

«Das hängt wohl zusammen. Ein Mund mit schwarzen Zähnen bleibt besser geschlossen.»

«Was aber nicht heisst, dass man nicht reden kann. Ich habe nun genug von diesen Spielchen, ich werde sie jetzt darauf ansprechen», meinte Lioba aufgebracht und lief entschlossen in die kleine Kammer, wo Greta auf dem Stroh lag.

«Greta, ich muss mit dir reden: Das geht einfach nicht. Auch wenn wir nur Dirnen sind, so setzen wir doch ein gewisses Mass an Freundlichkeit voraus. Du brauchst nicht gleich offenherzig oder eine Plaudertasche zu werden, doch jedem Gespräch auszuweichen, das geht nicht. Du kannst wortkarg sein und nur kurz sprechen, aber wenigstens antworten. Wir erwarten, dass du uns grüsst am Morgen und auch mal etwas Persönliches erzählst, woher du kommst zum Beispiel. Abgesehen davon teilen wir uns das Essen, auch da gehört es sich, dass wir aufeinander Rücksicht nehmen und miteinander reden. Es hat nämlich oft nicht genug für alle vier.» Doch Greta drehte sich einfach um und schwieg. Lioba starrte auf den Rücken und war ebenfalls sprachlos. Die beiden andern hatten in der Küche zugehört und schüttelten den Kopf. Mechthild sagte so laut, dass es Greta hören musste:

«Wir müssen sie unbedingt wieder loswerden. Ich denke, wir werden ihr keinen einzigen Freier lassen, bis der Frauenwirt merkt, dass sie keine Einnahmen bringt, und er genug von ihr hat.»

«Ja, so machen wir es. Sie verbirgt etwas, wird vielleicht gesucht oder Schlimmeres. Oder sie ist eine Teufelin», meinte Ida ängstlich und spuckte dreimal auf den Boden. Da erschien ein Mann, nicht besonders gross, aber kräftig gebaut und mit energischem Kinn, trat entschlossen in die Küche, blickte suchend umher und forderte in beissendem Ton: «Wo ist Greta?» Der passt zu ihr, unhöflich wie er ist, dachte Lioba. Doch Mechthild liess sich nicht einschüchtern, trat verführerisch vor ihn hin und meinte: «Wir kennen keine Greta. Aber wozu braucht Ihr Greta? Hier hat es doch Auswahl genug.» Der Mann musterte alle drei und grinste.

«Da könntet Ihr recht haben.» Mechthild lächelte ihn weiterhin an: «Und dass ich ein Weib bin, welches jedem gehören kann, wisst Ihr wohl auch. Warum dann nicht Euch?» Da packte der Kerl sie lachend am Arm und fragte: «Wo geht es lang?» Mechthild wies auf die Treppe und stieg mit ihm nach oben. Lioba und Ida schmunzelten und dachten beide dasselbe: So wird das nun immer gemacht. Doch da kam Greta aus der Kammer und rief wütend:

«Das war mein Kerl. Er hat deutlich nach mir verlangt!» Beim zuckenden Schein des Feuers war ihr wutverzerrtes Gesicht abschreckend. Lioba zog sich geschickt aus der Klemme.

«Ach, hat er? Mit Mechthild ist er bestimmt ebenso glücklich. Aber ich sehe, du kannst sogar mit uns sprechen. Wenn du dich einfügst, wird es nicht mehr vorkommen, sonst aber kennen wir dich weiterhin nicht und werden dir keine Männer überlassen.» Gretas Charakter trat jetzt deutlich hervor. In gereiztem Ton schrie sie: «Das wird euch noch leidtun. Ich werde mich beim Frauenwirt beschweren.» Doch Lioba blieb gelassen.

«Tu das, wenn du willst. Aber ich kann dir versichern, dem Frauenwirt muss nur die Kasse stimmen, wer nichts dazu beiträgt, kann wieder gehen.» Greta starrte sie einen Moment hasserfüllt an, drehte sich dann um und verschwand wieder in der Kammer. Dort setzte sie sich auf ihren Platz und redete laut und herrisch vor sich hin, schimpfte auf alle Menschen, besonders aber auf Lioba, Ida und Mechthild. Lioba und Ida lachten hämisch, ohne den geringsten Versuch zu machen, ihre Befriedigung zu verbergen. Lioba konnte nicht an sich halten und meinte schmunzelnd: «Seht ihr, sie kann doch reden.»

Im Mai, dem Marienmonat, wurden viele Andachten abgehalten. Selten hatte Lioba die Stadt unter einem so klaren Himmel, einem so strahlenden Sonnenschein gesehen, wie sie es jetzt ununterbrochen erlebte. Die Vögel zwitscherten um die Wette, Schwalben kreisten um den Turm der Leonhardskirche, einige Störche bevölkerten die Nester, welche sie sich auf den Kirchdächern geschaffen hatten. Ihr Freudenhaus wurde ebenfalls fast überrannt von Freiern, sodass sie alle voll ausgelastet waren, leider auch Greta. Es kamen vermehrt Gaukler und Spielleute nach Basel und versprachen eine willkommene Abwechslung. Messerschlucker, Feuerspucker und Zauberer gehörten ebenso dazu. Lioba ertappte sich dabei, dass sie immer wieder nach Lisa Ausschau hielt. War sie damals nicht mit Spielleuten unterwegs gewesen? Sie konnte sie jedoch nirgends entdecken. Sie hatte immer noch Gewissensbisse, wenn sie daran dachte, wie es damals zugegangen war, und hoffte, Lisa habe sich aufgefangen. Sie klammerte sich an diesen Strohhalm, um ihr Gewissen zu beruhigen. Abgesehen davon hätte sie gerne gewusst, ob Lisa das Kind bekommen hatte und wie es ihr damit ging. Eine ledige Frau mit Kind hatte es unglaublich schwer, wurde verachtet und bekam nirgends eine Stelle, und Lisa war ja selbst noch ein halbes Kind gewesen, höchstens vierzehn Jahre alt.

Greta war noch immer da, lasterhaft und attraktiv. Ihr kaltes Benehmen hatte keine Veränderung erfahren, doch Lioba, Ida und Mechthild hatten sich etwas daran gewöhnt. Greta war und blieb ein Fremdkörper, sie liessen sie links liegen und schlossen sich dafür umso mehr zusammen, versuchten stets, ihr Freier wegzunehmen, doch es gab so viel zu tun, dass sie automatisch zum Zuge kam, ja, oft drängte sie sich vor und schnappte sich als Erste einen Kerl. Dann konnte sie es nicht lassen, sie triumphierend und höhnisch anzuschauen. Ihr ganzes Wesen war rücksichtslos und herrisch. Lioba bebte manchmal vor Empörung, gleichzeitig hätte sie zu gerne gewusst, warum das so war. Wie konnte man nur ohne irgendein freundliches Wort leben? Das alles war seltsam und so ganz anders, als sie es für sich haben wollte. Manchmal glaubte sie so etwas wie Schuldbewusstsein in Gretas Augen zu entdecken, aber vielleicht bildete sie es sich auch nur ein. Da trat Ida aufgeregt in die Küche, sie zitterte und ihre Augen glänzten stärker als sonst, fast fiebrig. Hastig und atemlos berichtete sie:

«Das Kräuterweib ist wieder da! Was sollen wir nur tun? Ich will auf keinen Fall, dass dieses Teufelsweib nochmals hierherkommt.» Ida schien richtig verzweifelt, schnappte nach Luft und machte ein verängstigtes und aufgeregtes Gesicht. «Und ihr werdet nicht glauben, wen ich bei ihr gesehen habe: unsere Greta! Ich wusste immer, dass sie auch eine Teufelin ist. Ihr misstrauisches, stummes, heimtückisches Lächeln zeigt doch, dass sie etwas im Schilde führt. Ich bleibe nicht mehr länger hier, wenn sie nicht fortgeht.»

«Beruhige dich, wir sind doch auch noch da», antwortete Mechthild und legte ihre Hand auf Idas Arm. «Du darfst ihr nicht zeigen, dass du Angst vor ihr hast, sonst wird sie das sofort ausnutzen. Streit gibt es ja keinen, nur dieses hartnäckige Schweigen.» Ida war nicht zu beschwichtigen und liess sich nicht umstimmen. Erhitzt und zornig entgegnete sie:

«Es ist nicht der einzige Grund, warum mir nicht wohl ist um sie herum. Es herrscht in unserem Haus eine kalte, ungastliche Atmosphäre, seit sie da ist. Ich bin vielleicht zu argwöhnisch, aber diese frechen Blicke von ihr sind schwer zu ertragen. Ihr Gesicht wird von Tag zu Tag trotziger. Das ist nicht schön und eher unheimlich. Sie brütet etwas aus, da bin ich ganz sicher.»

«Du bist zu empfindlich, Ida. Manchmal setzt sich ein irrer, unmöglicher Gedanke im Kopf fest, dabei ist alles nur halb so schlimm. Du wirst doch nicht allen Ernstes wieder auf die Strasse gehen wollen als wandernde Hure? Warten wir doch erst einmal ab.» Ida traten Tränen in die Augen. Hitzig gab sie zur Antwort:

«Nein, natürlich will ich nicht weggehen. Aber ich habe Angst, furchtbare Angst. Und einen Gauch[9] habe

[9] Kuckuck

ich heute auch gehört. Ihr wisst, er ist der Teufel ganz persönlich. Dass es den Teufel wirklich gibt, hat sogar der Papst verkündet.»

«Ja, das Böse ist unübersehbar in der Welt, und in allen möglichen Gestalten», bestätigte Mechthild.

«Und bei uns in Gestalt von Greta», schloss Ida mit Nachdruck und bekreuzigte sich.

6. Kapitel

Du bist ein Vackel und ein Kien!

Du bist (wie) eine Fackel und ein Kienspan.
(Die goldene Schmiede)

Ein schwaches Morgenrot überzog den Himmel vom Jura bis zu den Vogesen. Es versprach ein wunderbarer Tag zu werden für die Fronleichnamsprozession, wie gewohnt zehn Tage nach Pfingsten. Die Sonne schien warm auf die Dächer der Stadt und in die Gassen. Die Leute kleideten sich alle sonntäglich, die Kinder waren aufgeregt und mussten laufend daran erinnert werden, sich gut zu benehmen.

«Jesus Christus gab uns die Reliquien der Heiligen als heilbringende Quellen, das hat schon der Kirchenvater Johannes von Damaskus gesagt», predigte Bischof Heinrich der Gürtelknopf im Münster. Dann öffneten sich die Pforten, die Glocke begann zu läuten, und ein langer Zug mit dem Bischof, den Domherren und Kaplänen, zog vom Münster durch die Freien Strasse. Das kostbare goldene Kreuz von Kaiser Heinrich II., Monstranzen und Reliquien wurden vorbeigetragen und gezeigt, die Leute säumten den Weg, fielen auf die Knie und bekreuzigten sich, einige hatten Tränen in den Augen. In Kontakt zu treten mit den Reliquien bedeutete, deren heilende Kraft zu spüren und Zugang zur göttlichen Gnade zu erhalten. Wie viel Hoffnung und Trost waren damit verbunden! Die goldenen Büsten der Heiligen Ursula und Thekla waren darunter – sie glänzten paradiesisch in der Sonne – sie gehörten zu den hochverehrten Elftausend Jungfrauen. Und es war nun auch ein Schädelknochen des Stadtheiligen Pantalus dabei, den der Basler Bischof von Köln nach Basel hatte holen können. Das Reliquiar zeigte den Heiligen nun greifbar für die Gläubigen. An der goldenen Büste waren Perlen und Halbedelsteine, Saphire sowie ein Smaragd zu sehen. Im Angesicht dieses Kronzeugen aus der Vergangenheit unterstrich der Bischof gleichzeitig seinen geistlichen und weltlichen Machtanspruch über Basel. Alle fühlten sich an diesem Tag eins mit der ganzen Christenheit, und viele waren darunter, die ein Gefühl durchflutete, endlich den Anfang des ersehnten Glücks gefunden zu haben.

Konrad erschien die Fronleichnamsprozession die prächtigste aller Prozessionen. Dieses Zusammengehörigkeitsgefühl unter dem Schutz von Christus, Maria und den Heiligen war ein tiefes Erlebnis. Er ging so rasch als möglich heim, um angeregt von diesem Festzug an seinem Marienlob weiter zu dichten. Ihm schwebte vor, die gesamten Traditionen rund um die Gottesmutter zu einem kunstvollen Loblied zu verweben. Auch Berchta fühlte sich grossartig. Fast überschwänglich meinte sie:

Pantalusreliquiar aus dem Münsterschatz,
Historisches Museum Basel

«Weisst du, Konrad, ich war so glücklich, über die Massen glücklich, als man die Reliquien vorbei trug. Es war ein wunderbares, erhabenes Gefühl, eingebettet zu sein in ein grosses Ganzes.» Konrad nickte.

«Und so wie bei den Reliquien alle in Ehrfurcht niederknieen, genauso sollen auch meine Verse über Maria bei den Leuten Demut und Gottesfurcht bewirken», erklärte er Berchta. «Wie die Büsten, welche die Goldschmiede geschaffen haben, möchte ich in der Schmiede meines Herzens ein kostbares Gedicht aus Gold schmelzen, Maria zu Ehren. Deshalb nenne ich das Werk *Die goldene Schmiede.*»

«Ein schöner Titel! Nichts ist vor Gott leer oder zeichenlos, nicht wahr? Ich glaube, ich fühle mich mit Maria besonders verbunden, weil sie als Mutter, als Braut, als Schwester, aber auch als Tochter der Dreifaltigkeit angerufen wird. Sie ist mir näher als alle anderen Heiligen, ich finde zu ihr viel leichteren Zugang. Ich hoffe, mit ihrer Hilfe und Fürbitte die ewige Seligkeit zu erwerben.»

«Das wollen wir natürlich alle. Leider ist da ein ganzes Teufelspack, das versucht, uns davon abzubringen. Die Hilfe der Gottesmutter ist für alle wichtig und unverzichtbar, auch für Männer. Sie ist eine besonders verehrungswürdige Gestalt, jeder Priester und Mönch wird da angesprochen. Maria wurde ihnen von Christus geschenkt, sie verehren sie als Mutter, als ihre Herrin und ihre Himmelskönigin.»

«Du erwähnst doch sicher auch die Rosen, nicht wahr? Ich liebe diese Blumen. Die vielen Rosen am Hauptportal des Münsters sind Symbole für Maria», meinte Berchta aufgeräumt. Konrad nickte erfreut.

«Ja, in meinem Werk hat es unzählige Sinnbilder, die allerdings nur jene zu erkennen vermögen, die belesen sind, Tierallegorien aus dem Physiologus zum Beispiel, dem berühmten Buch, in welchem Tiere beschrieben werden, die auf das Heilsgeschehen hindeuten, wie der Hirsch, der Pelikan oder der Phoenix. Und Biblisches aus dem Alten und Neuen Testament ist ebenfalls dabei. Mein Werk soll einfach ein einziges grosses Loblied werden, fast ein Engelsgesang, der in allen Varianten Maria lobpreist und verehrt, im ewigen Gotteslob, vereint mit den himmlischen Chören. Dichtung ist auch am Klang zu messen, musst du wissen.» Berchta seufzte beglückt.

«Wie durchdacht ist doch alles.»

«Ja, und alles steht unter Gottes Schutz. Trotzdem müsste ich mich eigentlich um das andere Auftragswerk kümmern, ich bin ziemlich im Rückstand mit Peter Schalers *Partonopier und Meliur.* Er ist sehr ungeduldig und fragt mich laufend, ob es nicht bald vollendet sei. Es wird sehr umfangreich, ich habe schon bald zwanzigtausend Verse verfasst und bin immer noch nicht am Ende.»

«So viele Verse? Hast du je ein so umfangreiches Werk gedichtet?»

«Der Umfang spielt keine Rolle, der Inhalt ist wichtig. Die Übersetzung aus dem Französischen macht vor allem Mühe. Wenn Heinrich Marchant die Vorlage übersetzt und ich ihm danach meine Verse vortrage, meint er immer wieder, ich hätte den Sinn nicht richtig erfasst. Dabei habe ich lange darum gerungen. Bei der *Goldenen Schmiede* hingegen kann ich aus dem Vollen schöpfen, da fliessen die Verse fast von allein.»

Johann von Arguel benutzte die folgenden Wochen, um mit verschiedenen Ratsmitgliedern zu reden, denn er wollte sein Projekt mit der Versetzung des Galgens endlich vorwärtsbringen. Er hatte den Plan keineswegs aufgegeben. Wenn der Bischof kein Gehör hat, dann mache ich es mit der Unterstützung der Ratsmitglieder, dachte er. Im Rathaus am Kornmarkt hatte sich fast der ganze Rat versammelt. Auf einer langen Bank, welche sich der Wand des Saales entlang zog, sass man einander gegenüber. Man war bald in hitziger Beratung begriffen. Ganz vorsichtig und weitausholend hatte Johann die Situation geschildert, seiner Meinung nach fesselnd und überzeugend. Doch es lief nicht zu seinen Gunsten.

«Und was sagen die Mönche von St. Alban dazu?», fragte der hagere Bürgermeister als Erstes, als Johann geendet hatte. «Sie sind die Besitzer des ganzen Gebietes. Als vor langer Zeit ihr Kloster gegründet wurde, hat der Basler Bischof ihnen alles Land vom Albantal bis St. Jakob geschenkt. Sie haben den Deich anlegen lassen, damit Mühlen betrieben werden können und das Gebiet gerodet. Das letzte Wort liegt bei ihnen, sie haben das Sagen.» Johann wand sich. Heinrich Iselin nahm ihm die Antwort ab:

«Sie sind gar nicht begeistert, wie ich gehört habe, sie protestieren sehr gegen den Plan.» Die Feststellung verfehlte ihre Wirkung nicht. Johann wehrte sich.

«Sie haben gar nicht begriffen, wo der Galgen hinkommen soll. Er käme weit von ihrem Kloster entfernt zu stehen.» Peter Schaler, wie gewohnt mit einer gegenteiligen Meinung, schüttelte den Kopf. Mit unüberhörbarer Schärfe in seiner Stimme meinte er: «Lassen wir doch den Galgen da, wo er jetzt steht. Was sollen wir uns in Unkosten stürzen und ihn versetzen? Wir haben Wichtigeres zu tun.» Zustimmendes Gemurmel ertönte. Der Rat beschloss somit ohne weitere Diskussionen: Es gibt keinen hölzernen Galgen im Gellert. Damit war die Sache entschieden. Vorerst verhinderte der Widerstand des Klosters und der Beschluss des Rates die Installation eines Galgens. Johann jedoch dachte im Stillen, sich mit seinem Vorhaben über den Rat und das Kloster hinwegzusetzen. Es würde ihm schon noch etwas einfallen, es war unterdessen zu seinem persönlichen Projekt geworden, sein ganzer Ehrgeiz steckte darin. Doch er wusste, vorerst musste er etwas Zeit verstreichen lassen, damit sich die Gemüter beruhigen konnten. Der Rat war bereits beim nächsten Thema angelangt.

«Ich meine, wir müssen dafür sorgen, dass die Vorstädte besser geschützt sind vor Überfällen. Die St. Alban-

Vorstadt hat ja schon eine eigene Mauer, wir müssen auch an die anderen Vorstädte denken.» Johann war sehr angetan von diesem Votum, denn es ging hier auch um Häuser, die in seinem Besitz waren. Er pflichtete bei.

«Die Ausfallstrasse zum Elsass ist durch den Palisadenzaun recht gut geschützt, aber eine Mauer wäre natürlich noch besser.» Heinrich Iselin meldete sich.

«Man muss nicht unbedingt eine Mauer ziehen, ein Zaun aus Pfählen, wie in der Spalenvorstadt, ist ebenso nützlich, und Spale[10] kann man rasch herstellen.» Da meldete sich Heinrich von Ravensburg zu Wort. Er war Amtsträger des Bischofs.

«Schutz der Vorstädte in Ehren, aber mir schweben andere Dinge vor, die dringender sind. Auch wenn Kleinbasel selbstständig verwaltet ist, wäre es sinnvoll, das Kanalsystem auszubauen, damit dort Mühlen erstellt werden können. Die Mauer ist fertig, die Stadttore auch, ich denke, nun sollte man sich vermehrt um die Entwicklung kümmern. Die Bauern, Fischer und Rebleute kamen gerne in den Schutz der Mauer, aber damit ist es nicht getan. Von einem Kanal mit Mühlen würde unsere Stadt ebenfalls sehr profitieren. So wie von der Rümelinsmühle am Kanal des Rümelinsbachs, wie der kleine

---

[10] Pfähle nannte man Spale, daher der Name Spalenvorstadt

Birsig bereits genannt wird, das hat sich bewährt. In Kleinbasel wären es die Nonnen des Klingentalklosters, die neu zugezogen sind. Walther von Klingen würde es uns sicher hoch anrechnen.»

«Dem möchte ich zustimmen. Walther von Klingen ist ein Freund von König Rudolf von Habsburg. Er kommt immer wieder nach Basel – ich denke, ihn bei guter Stimmung zu halten wäre eine wünschenswerte Sache. Der Bereich innerhalb der Stadtmauer füllt sich, da wären zusätzliche Mühlen auf der anderen Seite des Rheins sinnvoll», liess sich Heinrich Iselin wieder vernehmen.

«Woher nehmen wir aber das Wasser? Es braucht dazu einen Wasserkanal, einen Deich, oder nicht?»

«Da bestehen schon konkrete Vorstellungen. Man könnte Wasser von der Wiese ableiten und bis nach Kleinbasel führen.»

«Und wie finanzieren wir all diese Pläne?»

«Nun, ich denke das wird mit der Abgabe auf den Wein möglich sein», entgegnete der Bürgermeister, «Wein wird bekanntlich immer gebraucht und getrunken.»

Den ganzen Oktober lang herrschte trostloses Wetter. Lioba stellte fest, dass es die ganze Nacht und den ganzen Morgen geregnet hatte. Sie stand zusammen mit Ida frierend vor der Peterskirche, umringt von Bettlern. Sie bahnten sich einen Weg durch die Menge, die sich in Gruppen um das Kirchenportal gesammelt hatte, zerlumpte Männer mit halbnackten Armen und verfilzten Haaren. Sie sparten nicht mit anzüglichen Bemerkungen.

«Ihr erwartet nicht ernsthaft etwas von uns», antwortete Ida grob. Auch Lioba meinte laut: «Ich habe nichts, weder Zeit für euch noch Geld.» Zu Ida gewandt fuhr sie fort: «Ich brauche dringend einen warmen Mantel, meiner ist ganz dünn und tausendmal geflickt. Wenn das Wetter so weitergeht, steht uns ein langer Winter bevor. Und ich habe nichts Warmes anzuziehen, muss frieren und leiden und werde womöglich krank. Dann kann ich meiner Arbeit nicht nachgehen und habe noch weniger Geld zur Verfügung», meinte sie sorgenvoll und blickte an sich herunter.

«Mir geht es nicht besser», entgegnete Ida. Sie wirkte etwas verstört. Ein Chorherr von St. Peter, ihr Beichtvater, hatte ihr wieder einmal ins Gewissen geredet, sie beschworen, mit Greta Frieden zu schliessen, denn sie hatte ihm gebeichtet, dass sie viele angstvolle und boshafte Gedanken wälzte.

«Stell dir vor, ich soll christliche Nächstenliebe an Greta üben, hat mir der Priester auferlegt», wandte sie sich ratlos an Lioba.

«Das ist leicht gesagt, wenn man nicht mit ihr zusammenleben muss.» Sie verstanden sich ohne weitere Worte. «Ich kann dir nur raten, hör auf über den rätselhaften Charakter von Greta nachzudenken und mach weiter wie bisher.» Ida riss sich zusammen.

«Ich weiss, nur habe ich dann leider das nächste Mal wieder viel zu beichten wegen meiner bösen Gedanken», sie begann zu schmunzeln, «und die Nächstenliebe übe ich an dir, das ist einfacher.»

«Oder an unseren Kunden», lachte Lioba. Es war fast so kalt wie im Winter. Auf den nahe gelegenen Jura-Hügeln, etwa dem Blauen, lag bereits Schnee. Ein kalter Wind verstärkte noch das Gefühl. Die Chorherren von St. Peter hatten ausserhalb der Stadtmauer einen Garten anlegen lassen und ihn mit Bäumen bepflanzt, um sich in diesem Park zu ergehen und Gespräche zu führen. Bei dieser Kälte mieden sie jedoch den Petersplatz, wie er von allen genannt wurde, denn Spaziergänge waren bei diesen Temperaturen wenig sinnvoll. Die Bäume in ihrem farbigen Blätterschmuck waren noch nicht gross gewachsen, trotzdem konnte man schon viele Vögel darin entdecken. Im Dach der Peterskirche hatte sich ausserdem ein Käuzchen eingenistet. Das gefiel den Chorherren allerdings weniger, denn dieses Tier gehörte zu den seltsamen Vögeln. Eulen und Käuzchen schienen ihnen eigenartig, weil sie alle nur nachts jagten. Durch ihren lautlosen Flug und ihren unheimlichen Ruf kiwitt, kiwitt – komm mit, komm mit! – war man überzeugt, dass die Käuzchen anzeigen, dass ein Kranker sterben werde. Neben der Peterskirche befand sich der Friedhof, die Toten trug man vom Tal das Totengässlein empor bis zur Kirche. Abgesehen davon war ausserhalb der Stadtmauer neben dem neu angelegten Garten der Chorherren auch der jüdische Friedhof. Dass sich hier ein Käuzchen breitmachte, schien deshalb auf der Hand zu liegen. Jetzt am Tag schwieg es zum Glück.

Ida und Lioba liefen rasch nach Hause. In der warmen Küche trafen sie auf einen gut aussehenden Mann, mit blonden, halblangen Haaren und ausnehmend klugen, grauen Augen. Es schien kein Adliger zu sein, sondern einem anderen Berufszweig zu entstammen, ein Handwerker war er aber auch nicht, stellte Lioba fest, während sie ihn betrachtete. Er gefiel ihr auf Anhieb, so sehr, dass sie sich nicht erinnern konnte, jemals so etwas empfunden zu haben. Es war nichts Auffälliges an ihm, trotzdem klopfte ihr Herz, weil er eine geheimnisvolle Anziehungskraft auf sie ausübte. Du darfst dich nicht verlieben, ermahnte sie sich sofort im Stillen, wandte sich aber lächelnd an ihn und fragte:

«Wollen wir?» Er reagierte sichtlich verlegen, ganz offensichtlich war er noch nicht oft in einem Freudenhaus gewesen. Einen Moment lang war er unschlüssig, dann nickte er. Lioba stieg fast träumerisch die Treppe hoch, redlich bemüht, ihre Gefühle in den Griff zu bekommen. Sie musste vorsichtig vorgehen, sie wollte ihn nicht nur einmal bei sich haben, sondern, gestand sie sich erschrocken ein, möglichst oft. Sie wunderte sich über sich selbst. Er fühlte die entzückende Nähe ihres schönen Körpers und liess sich verführen. Lioba war hingerissen, sie bemerkte, er hatte sie völlig in seiner

Gewalt. Wie konnte ihr das nur passieren? Trotzdem versuchte sie sich einzureden, dass es sich bei diesem Vorfall um eine Ausnahme handelte. Er würde wohl nicht wiederkommen, und sie wusste nichts von ihm, weder seinen Namen noch sonst eine Einzelheit. Aber ein leises, anregendes Gefühl blieb zurück, nachdem er gegangen war.

Am andern Tag erwachte sie nach einem unruhigen Schlaf, und ihr erster Gedanke galt dem unbekannten Mann. Sie fürchtete und wünschte sich zugleich, ihn wiederzusehen. Vielleicht kommt er heute wieder, vielleicht vermisst er mich auch, vielleicht – sie hätte ihn dazu auffordern sollen, sie bald wieder zu besuchen. Sie war den ganzen Tag aufgeregt und blickte immer wieder erwartungsvoll zur Tür. Es ist lächerlich und einfältig, wie ich mich benehme, wie eine Besessene, schalt sie sich deswegen. Unbekannte zarte Gefühle waren geweckt worden – aber gleichzeitig auch gefährliche. Wie konnte ich nur so dumm sein, mich zu verlieben, dachte sie den ganzen Tag, während sie träumerisch in eine Ecke starrte. Aber merkwürdig, plötzlich war etwas mit ihr geschehen – nichts äusserlich Sichtbares, nichts Wesentliches. Die andern merkten nichts von ihrer Verwirrtheit, nur ausgerechnet Greta schaute sie mehrmals wissend an mit einem scharfen, kühnen, durchbohrenden Blick und verkniff sich ein hämisches Lächeln. Am folgenden Tag sagte sich Lioba, dass alles nur eine Episode gewesen sei, ohne Romantik, ohne tiefere Bedeutung. Die Freier, die sie jeweils mit nach oben nehmen musste, kamen ihr vor, als ob sie nur menschliche Schatten und nicht Gestalten aus Fleisch und Blut wären. Schliesslich hielt sie es nicht länger aus. Sie durchstreifte am folgenden Tag die Gassen mit suchendem Blick, aber sie entdeckte ihn nirgends. Mit der dunklen und nicht unangenehmen Vorstellung, dass er überall auftauchen könnte, suchte sie ihn an allen Ecken, fand aber nur Mäuse und Ratten und schmutzige Winkel aller Art. Einige Kinder stoben ängstlich davon. Lioba sprach mit niemandem, und niemand beachtete sie, man bedachte sie höchstens mit einem schrägen Seitenblick. An ihrer Kleidung war sie sofort als Dirne zu erkennen. Sie lief zum Marktplatz, zur Freien Strasse, überquerte auf dem neuen Brücklein bei der Rüdensgasse den Birsig, lief durch die Gerbergasse – sie fand aber nirgends eine Spur von ihm. Sie achtete nicht auf die vielen flinken Füsse der anderen Mägde oder Taglöhner und Knechte, welche unterwegs waren. Sie blickte jedoch aufmerksam in jede Werkstatt. Überall sah sie Leute, welche fleissig ihre Arbeit verrichteten, die Schneider, die Schuhmacher, die Gerber. Auch bei ihnen ist jeder Tag gleich, dachte Lioba ergeben, während sie suchend durch die Gassen schweifte, gestern, heute, morgen und jedes Jahr. Und auch ich muss weiterhin bei meiner Arbeit bleiben. Was mache ich eigentlich hier? Ich werde den Mann vergessen müssen, denn es ist ja reine Torheit. Liebe und Zuneigung gibt es für mich nicht, es sind nichtige Träume, mit denen ich mich selbst betrüge. Ein ausgehungerter Hund fletschte knurrend die Zähne, als sie ihm zu nahekam, doch sie achtete nicht auf ihn, sie lief müde und verzweifelt nach Hause.

Als der Mann nach einem Monat wieder auftauchte und sie ihn zum ersten Mal wiedersah, lebten alle Gefühle sofort frisch und stark wieder auf! Während sie leicht errötete, versuchte sie, ihm nicht zu zeigen, wie sehr sie sich freute, aber sie sah seine Gestalt und unwillkürlich kam ihr in den Sinn, wie und wo sie ihn zuletzt gesehen und gespürt hatte. Ihre Finger krampften sich zusammen, ihr Herz klopfte, der Magen rebellierte. In den Augen des Mannes lag eine seltsame Energie, ein wunderbares Feuer. Doch da trat Greta dazwischen und forderte ihn auf: «Kommt, versucht es einmal mit mir, Lioba erwartet schon jemanden.» Lioba starrte sie entgeistert und hasserfüllt an. Wie konnte sie nur! Sie hätte ihr am liebsten das Gesicht zerkratzt. Der junge Mann hingegen zuckte nur mit der Schulter und nickte – beide verschwanden im oberen Stock.

«Nein, ich erwarte niemanden», rief Lioba ihnen viel zu spät vergeblich hinterher. Sie war fassungslos und vollkommen erstarrt. Sie war überzeugt, dass Greta ihr etwas heimzahlen wollte, dass diese ahnte, wie sehr sie sich in Gedanken mit dem Mann beschäftigt hatte. Sie hatte bestimmt diebische Freude daran, ihn weggeschnappt zu haben. Wie geschlagen ging Lioba hinüber in die Kammer und sank verzweifelt auf das Stroh. Greta ist eine Teufelin, das hat sich nun klar und deutlich gezeigt, dachte sie wütend, sie ist boshaft und schreckt vor nichts zurück. Schmerz, Wut, Ekel und Abscheu wechselten in Liobas Gefühlswelt einander ab, ihre Lippen zitterten, Tränen liefen über ihre Wangen, sie merkte es nicht. Ungerecht – ungerecht!, schrie es in ihr. Am liebsten wäre sie geflüchtet, um diesem schier unerträglichen Druck zu entgehen, auf und davon. Weit weg, wo kein Mann und keine Greta ihr Schmerzen zufügen konnten. Rachegelüste beherrschten sie, welche sie fast erdrückten. Das Geschehen bestärkte nicht nur ihre schlechte Meinung, die sie von Greta hatte, nun kamen neu offene Wut und ein verzweifelter Hass hinzu. Sie fluchte laut und aus tiefstem Herzen. Doch es verschaffte ihr nur wenig Erleichterung.

Als die beiden nach einiger Zeit lärmend und polternd wieder die Treppe herunterkamen, stand Lioba auf, um den Mann trotz allem noch ein letztes Mal zu sehen, es war wie ein Zwang. Er stand da und verabschiedete sich von Greta, dann wandte er sich plötzlich um und erhaschte Liobas Blick. Sie wusste nicht, ob er darin lesen konnte, was sie für ihn empfand, denn er schaute nur gleichgültig zur Seite und verliess das Haus. In seiner Haltung lag so viel Stolz, in seinen Bewegungen so viel Leichtigkeit und keinerlei Reue, dass sie sich schwer enttäuscht abwandte. Greta grinste sie an und meinte schonungslos: «Am besten du vergisst ihn ganz rasch.» Und sie, die bis anhin kaum ein Wort geredet hatte, fügte bei:

«Glaub mir, es ist besser so. Wir sind nur Dirnen und werden nie etwas anderes sein, die Fesseln unseres Daseins wirst du nicht sprengen können, es ist aussichtslos. Und damit du es weisst: Mir gefällt er auch. Vergiss nicht, gegen mich kommst du nicht an.» Lioba schaute sie nur hasserfüllt an. Sie wusste selbst, dass sie sich in niemanden verlieben sollte – doch es tat weh.

Es passte zu Liobas Stimmung, dass am folgenden Tag ein Dieb gehängt wurde. Ich wünschte, es wäre Greta, dachte sie spontan, um gleich erschrocken den Gedanken zurückzunehmen. Wie konnte sie nur! Nun baumelte der Dieb am Galgen auf der Lyss, ganz in ihrer Nähe und war kaum zu übersehen, wenn sie ins Haus zurückkehren wollte. Aber der Mensch gewöhnt sich an alles, dachte Lioba ergeben. Wenn es nur Greta wäre, dachte sie jedes Mal, wenn sie ihn erblickte, und wusste gleichzeitig, dass es wieder eine Menge zu beichten gäbe. Mechthild hatte von der Haustür aus zugesehen, als das Urteil vollstreckt wurde. Frauen duldete man nicht bei Hinrichtungen, aber da sie so nahe wohnten, konnte man es nicht verbieten. Leise und ziemlich durcheinander berichtete sie danach den andern, was sie erlebt hatte.

«Man drängte sich an allen Ecken und Enden. Die Leute standen auf den Zehen oder stemmten sich in die Höhe, um alles sehen zu können. Sie blickten begierig seiner Todesstrafe entgegen. Der Dieb humpelte langsam zum Galgen, ohne die Menge eines Blickes zu würdigen, er schien schon halb tot. Er hatte ein hässliches, unangenehmes, rohes Gesicht und war in Schwarz gekleidet, sein dunkles Haar wurde hinten durch ein Band zusammengehalten. Der Henker stand beim Galgen, hoch aufgerichtet, der Dieb daneben klein und zusammengekauert. Die Zuschauer drängten näher, ich konnte kaum mehr etwas sehen. Alle sprachen aufgeregt miteinander, aber im Moment, als das Seil sich straffte, war es plötzlich ganz still. Alle hielten den Atem an. Einen Augenblick, und es war vorbei. Ich sage euch, es war unheimlich. Dann sprach ein Geistlicher noch ein paar mahnende Worte und ein Gebet, ich habe es allerdings nicht verstanden, ich war noch ganz durcheinander. Danach ging die Menge befriedigt auseinander, und die ersten Raben erschienen und äugten nach dem Gehängten. Da fing es mir an zu grauen. Es klingt armselig, unfreundlich und herzlos, aber es war ein aufregendes Erlebnis.» Lioba schüttelte sich.

«Das Interesse, mit dem dieser Dieb angegafft wurde, gereicht den Leuten nicht eben zur Ehre.»

«Doch, das gehört dazu, es ist eine willkommene Abwechslung im Alltagsleben. Und der Dieb hat seine gerechte Strafe erhalten», befand Mechthild.

Der 11. November, der Tag des Heiligen Martin, galt als Ende des bäuerlichen Wirtschaftsjahres. An diesem Tag begannen und endeten Dienstverhältnisse, es war aber auch der Termin, an dem die Entrichtung des Zehnten fällig war. Die Bauern bezahlten in Naturalien, wie üblich. Das waren meist hundert Eier an Ostern, mehrere Säcke Getreide im Sommer und einige Klafter Brennholz sowie Gänse zu St. Martin.

Nur wenige Bäume trugen noch ihr Laub, es war aber schon dürr, braun und runzlig. Die meisten Blätter lagen bereits am Boden und der Wind wirbelte sie wild durcheinander. Die Stadt quoll über von Bauern, die es sich nicht nehmen liessen, nach abgeliefertem Zins eine Stärkung zu sich zu nehmen, vorzugsweise ein Bier. Die vier Frauen im Freudenhaus hatten auch nicht gerade wenig zu tun. Und plötzlich stand Lisa in der Küche! Lioba starrte sie einen Moment lang an wie einen Geist. Sie hatte sich zu einer zierlichen, jungen Frau entwickelt, mit spitzem Kinn und dunklen Augen.

«Lisa! Gott sei Lob und Dank, da bist du ja wieder. Wie bin ich froh. Wir haben uns so viele Gedanken gemacht. Erzähl, wo bist du nur gewesen?» Ida, Mechthild und Lioba standen erwartungsvoll um Lisa herum und bestürmten sie mit Fragen.

«Ich wollte einfach nur weg in jener eisigkalten Nacht, möglichst weit weg von diesem unheimlichen Kräuterweib. Bis zum Kreuztor bin ich gekommen, dann bin ich zusammengebrochen. Ich war vollkommen erschöpft und durchfroren. Der Torwächter hat mich zum Beginenhaus gebracht, das sich wenige Schritte vor der Mauer schräg gegenüber vom Predigerkloster befindet. Die Beginen haben mich aufgenommen und gesund gepflegt.»

«Und das Kind?», wagte Ida schliesslich zu fragen.

«Ich habe es in jener Nacht verloren», gestand Lisa leise, «danach hatte ich nur noch Sehnsucht nach Ruhe und Frieden, und das habe ich bei den Beginen gefunden. Sie widmen ihr Leben der Nachfolge Jesu Christi und pflegen Kranke, Arme und Sterbende.»

«Und warum hast du dich bei uns nie gemeldet? Wir haben uns grosse Sorge gemacht. Wir dachten schon, du seist tot.»

«Viel hat nicht gefehlt dazu. Und sobald ich wieder bei Kräften war, bin ich aufs Land gewandert und konnte bei einem Taglöhner in Münchenstein als Magd Unterschlupf finden. Seine Frau war gestorben, und er konnte mich gut brauchen wegen seiner vielen Kinder. Er bezahlt zwar keinen Lohn, aber ich habe ein Dach über dem Kopf und zu essen, mehr verlange ich nicht. Ich wollte nicht bei den Beginen bleiben. Dort lebt man zwar nach Regeln der Armut, der Keuschheit und Frömmigkeit, und gegenseitige Beleidigungen sind untersagt, doch das ist trotz allem nicht meine Welt. Ich wollte auch nicht zu euch kommen, ich befürchtete, das Kräuterweib zu treffen. Ich will ihm nie mehr begegnen, nie mehr!» Da traten ein paar Bauern, die betrunken vom Markt kamen, in die Küche.

«Welch eine Auswahl», rief einer lauthals, «ich nehme die Blonde mit dem grossen Busen», und deutete auf Greta.

«Auf keinen Fall die Rothaarige, die ist dem Teufel vom Karren gesprungen», meinte ein anderer. Lisa blickte ihn erschrocken an, murmelte ein paar Worte der Entschuldigung und rannte einmal mehr davon. Die Frauen blickten ihr nach.

«Sie ist zu empfindsam für diese Welt, sie hätte bei den Beginen bleiben sollen, behütet und versorgt. Mit ihren roten Haaren wird Lisa immer das Ziel von Spott sein», sagte Mechthild und schüttelte den Kopf, «Ich wette, früher oder später geht sie unter.» Sie packte einen der Bauern unsanft am Arm und meinte vielsagend: «Komm, gehen wir nach oben. Bei mir findest du nichts Teuflisches, aber andere Dinge, die verlockend sind.» Sie musste ihn nicht zweimal bitten.

«Siehst du, hier sind wir richtig, ich habe recht behalten und du unrecht.» Mit diesen Worten klopfte er dem Dritten gönnerhaft auf die Schulter. Dieser hingegen sank auf die Bank, denn seine Füsse trugen ihn kaum noch.

«Ich warte hier», grölte er und stimmte ein Lied an, vollkommen falsch und heiser gesungen, «ich habe sowieso kein Geld, um zu bezahlen.» Lioba war das nicht unrecht, betrunkene Kerle waren meist unangenehm, es sei denn, sie schliefen sofort ein, so wie jetzt der kahlköpfige Bauer auf der Bank. Vielleicht ist er auch nur ein Taglöhner, dachte sie. Sie trat vor die Tür und blickte auf die gegenüberliegende Stadtmauer und beobachtete die Dämmerung, die den Himmel immer mehr eroberte. Erste Sterne waren zu sehen. Die Stadt legte sich schlafen. Lioba betrachtete den Himmel und fühlte sich gut.

Nun wusste sie, dass Lisa noch lebte und das Kind verloren hatte. Es war sicher besser so, dachte sie seufzend. Da leuchtete eine Sternschnuppe auf. Rasch wünschte sich Lioba etwas. Ich weiss, dass es nicht in Erfüllung geht, dachte sie sehnsüchtig, der Mann wird kaum wiederkommen. Sie fühlte noch einmal diesen Schauer über den Rücken laufen, dieses Rieseln von Erwartung und Spannung in der Magengegend. Sie wandte sich rasch um und ging ins Haus.

Bevor Johann von Arguel seine Idee mit dem Galgen weiterverfolgen konnte, wurden die Basler Ritter aufgefordert, mit König Rudolf in den Krieg zu ziehen gegen Ottokar von Böhmen. Bischof Heinrich der Gürtelknopf war mit hundert Basler Bürgern dabei, darunter Ritter, Achtburger und Zunftmitglieder. Als sie nach vielen Wochen siegreich von der Schlacht vom Marchfeld[11] heimkehrten, gab es kein anderes Gesprächsthema in der Stadt. Die ganze Ritterschar sass im Haus zur Mücke am Rossberg zusammen, um sich die Ereignisse erzählen zu lassen.

«Die Krieger von Basel bewiesen grosse Tapferkeit, da sind sich alle einig, sie gehörten zur Leibwache von

[11] Die Schlacht auf dem Marchfeld am 26. August 1278

König Rudolf. Während der Schlacht war er einmal in grosser Gefahr, sein Pferd wurde unter ihm getötet, und er entging dem Schwert eines Feindes nur durch das rasche Eingreifen eines thurgauischen Ritters.» Die Zuhörer nickten wissend. Pferd und Reiter waren unzertrennbar.

«Das Pferd war doch sicher auch gepanzert, wie konnte es getötet werden?»

«Nun, in einer Schlacht kann das leicht geschehen. Da hält man sich nicht an die ritterliche Standesregel, welche die Tötung der Pferde untersagt. Im Gegenteil, man weiss, dass ein Reiter ohne Pferd verloren ist.»

«Und Walther von Klingen, der treue Begleiter von König Rudolf, war er auch dabei?» Niemand wusste es genau.

«Er ist ja über sechzig Jahre alt, da kann ich mir denken, dass ihm der Ritt bis weit über Wien hinaus zu mühsam vorkam.»

«Er verkörpert genau das, was man von einem Ritter erwartet, nämlich Tapferkeit, Mut und Treue. Es kann also gut sein, dass er mit dabei war.»

«König Rudolf ist ja genau so alt und er schreckt vor nichts zurück. Abgesehen davon, dass auch Peter Schaler mitgekämpft hat, und der ist auch nicht mehr so jung.» Ein junger, fast knabenhafter Ritter meldete sich zu Wort:

«Ich habe etwas Schönes gehört: Man hat König Rudolf vor der Schlacht gefragt, wo der Schatzmeister sei. Da hat er geantwortet: Ich habe keinen Schatz, ausser fünf Schillinge leichter Münze. Doch der Allmächtige, der mir bisher geholfen, wird es an Mitteln mir nicht fehlen lassen zu dem Feldzug.» Alle schauten begeistert, das waren Geschichten, die man liebte. Noch mehr interessierte der Verlauf des Kampfes.

«Am 26. August traf Ottokar mit seinem grossen Heer auf das vereinigte Heer von König Rudolf zusammen mit dem Heer des erst sechzehn Jahre alten Ladislaus IV., König von Ungarn und Kroatien. Die ersten Erfolge verbuchten die rund viertausend berittenen Bogenschützen von König Ladislaus, die sich vor der Hauptarmee Rudolfs hielten und begannen, den Gegner zu bekämpfen. Sie verfolgten die Strategie, die feindlichen Ritter Ottokars, die den ersten Ansturm abzuwehren hatten, zu verunsichern und deren Ordnung aufzulösen. Schon bei dieser Attacke verloren Hunderte feindliche Ritter ihr Leben.» Alle hingen dem Erzähler an den Lippen.

«Und dann?»

«Danach prallten die beiden Hauptheere aufeinander, wobei das Heer von Ottokar viel zahlreicher war. Für Ottokar lag der Sieg in greifbarer Nähe, als das Pferd von König Rudolf getötet wurde, und er dabei stürzte. Der Thurgauer Ritter Heinrich Walter von Ramschwag rettete dem König in dieser unglücklichen Situation das Leben, wie ich schon sagte, und sicherte damit die Weiterführung der Schlacht.» Alle nickten beeindruckt, denn diese mutige Tat konnte man nicht oft genug hören. «Das Gefecht dauerte zu dem Zeitpunkt bereits drei Stunden. Ottokars Truppen zeigten erste Anzeichen von Erschöpfung. Daraufhin befahl Rudolf einer bis dahin versteckten Truppe, in die Schlacht einzugreifen. Diese ausgeruhten Reiter fügten den abgekämpften Truppen Ottokars vernichtende Verluste bei. Aber auch Ottokar hatte noch Reserven, die er ins Schlachtgetümmel werfen konnte. Einige böhmische Ritter missverstanden jedoch die Situation und begannen zu flüchten, als sie die Reiter heranpreschen sahen. Und die Habsburger unterstützten die Verwirrung mit dem bereits vor der Schlacht abgesprochenen Ruf: Sie fliehen!» Alle sassen gebannt da.

«Und dann verlor Ottokar sein Leben», ergänzte ein anderer schadenfroh, «damit war die Schlacht gewonnen. Er hätte sich nicht gegen König Rudolf stellen und ihn anerkennen sollen.»

«Er wollte selbst König werden, da ist es schwer, zurückzustecken. Nun haben die Waffen entschieden. Viele Ritter ertranken im Fluss oder wurden auf der Flucht niedergemacht. Bei Ende der Schlacht waren zwölftausend Böhmen tot oder gefangen und das böhmische Lager wurde geplündert. Trotz der Übermacht von Ottokar hat König Rudolf mit seinem Heer gesiegt», schloss der Erzählende triumphierend. Alle schwiegen einen Moment tief beeindruckt.

7. Kapitel

Ich prüeve in mîme sinne
daz lûterlîchiu minne
der werlte ist worden wilde.

Ich prüfe in meinem Sinne,
dass lautere Minne
der Welt ist wild geworden.
(Herzmäre)

Am 16. Februar 1281 starb in Wien Königin Gertrud Anna, die Gemahlin von König Rudolf von Habsburg. Gertrud Anna hatte das Basler Münster zu ihrer Grabstätte bestimmt, weil sie noch immer um ihr kleines Kind Karl trauerte, das sie da verloren hatte und welches im Münster begraben worden war. Den Hof stellte sie damit vor eine schwierige Aufgabe. Wie sollte man den Leichnam von Wien nach Basel überführen? Als man in Basel davon hörte, machte man sich ebenfalls Gedanken.

«Die Königin hat vierzehn Kinder geboren und einige verloren. Aber an Karl scheint sie besonders gehangen zu haben», erläuterte Heinrich Iselin im Rat von Basel.

«Ich denke eher, König Rudolf bemüht sich um einen stärkeren Einfluss in unserer Stadt, deshalb diese Grablege bei uns», entgegnete ein Ratsmitglied.

«Ja, das sehe ich auch so. Obwohl der Wunsch von der Königin kam, muss König Rudolf auch einverstanden sein damit. Der Aufwand, den Leichnam nach Basel zu überführen, stellt immerhin einige Anforderungen. Wie bringt man den Leichnam unbeschadet hierher? Das dauert bestimmt vier Wochen von Wien nach Basel.» Johann von Arguel meldete sich zu Wort.

«Ich habe mich erkundigt bei den Badern im Badehaus. Einer kennt sich in Leichenkonservierung aus. Man entnimmt dem Leichnam die Eingeweide und füllt die Bauchhöhle mit Sand und Asche, auch das Gesicht wird einbalsamiert. Dann hüllt man den Körper in ein Wachstuch. Und natürlich in seidene Gewänder, das Haupt verschleiert und mit einer feinen, goldenen Kette umschlungen, wie es sich für eine Königin geziemt.»

«Gut, damit wäre das geklärt. Rudolf von Habsburg kann sie nicht begleiten auf ihrer langen Reise, die Geschäfte halten ihn in Wien zurück», ergriff Heinrich Iselin wieder das Wort, «er hat seinem wichtigsten Vertrauensmann, Bischof Heinrich von Isny den Auftrag erteilt, für ein würdiges Begräbnis zu sorgen.»

«Der Eilbote, den man vorausgeschickt hat, berichtete einige Einzelheiten: Man legte die tote Königin in einen Sarg aus Buchenholz, ihre Arme über die Brust gekreuzt. So sah König Rudolf seine Gemahlin zum letzten Mal, ehe der Sarg mit eisernen Bändern verschlossen wurde.»

«Vierzig Pferde sind dem Leichenwagen vorgespannt – was für ein Anblick! Und je zwei Dominikaner und

Minoriten begleiten den Zug. Natürlich sind überall, wo man durchzieht, die Geistlichen und hohen Adligen der Städte und Dörfer anwesend und begleiten sie mit Kerzen und Fackeln.» Der Bürgermeister ergriff wieder das Wort.

«Auch wir werden einen eindrücklichen Empfang in die Wege leiten. Ich denke, es werden bei uns alle Kleriker und der gesamte Adel dabei sein wollen. Ich rechne mit rund tausendzweihundert Personen. Wir werden die Königin auf dem letzten Stück Weg mit Fackeln begleiten, die Heinrichsglocke wird läuten, es soll eine feierliche Prozession werden bis zum Münster.»

Der Leichenzug kam am 20. März in Basel an. Die Leute säumten still und beeindruckt die Strassen und bekreuzigten sich beim Anblick des Leichenwagens. Konrad von Würzburg stand zusammen mit Berchta in der Nähe des Münsters. Konrad gehörte zwar zum bischöflichen Hof, doch er war nicht Mitglied der adligen Hofgesellschaft.

«Drei Bischöfe zelebrieren nun das Totenamt. Ich weiss, wir zwei haben keinen Platz mehr im Münster, es sind viel zu viele Gäste da. Man habe den Sarg senkrecht aufgestellt und den Deckel geöffnet, damit alle Anwesenden die hohe Verstorbene noch einmal sehen können.»

«Sicher wird die Königin im Chor beigesetzt, neben den sterblichen Überresten ihres kleinen Kindes Karl», vermutete Berchta seufzend, «in den Chor kommen wir leider nie, das ist nur den Geistlichen erlaubt.»

«Man legt ihr eine goldene Krone und einen kostbaren Ring mit ins Grab.»

«Der Herr gebe ihr die ewige Ruhe», murmelte Berchta und bekreuzigte sich.

Nur neun Monate später, am 21. Dezember, ertrank der zweitälteste Sohn von König Rudolf, der erst achtzehn Jahre alte Hartmann, im Rhein. Konrad berichtete es ziemlich aufgeregt seiner Familie beim Essen.

«Es war ein Bootsunglück in der Nähe von Breisach, dabei ist der Rhein im Moment gar nicht so hoch und reissend. Hartmann war der Lieblingssohn von König Rudolf und als Thronerbe vorgesehen und bereits verlobt mit Johanna, einer Tochter von König Eduard I. von England.»

«Oh, das muss für den König sehr hart sein, dieser Verlust», meinte Berchta und strich sich einige Haare aus dem Gesicht.

«Auch Hartmann wird im Münster feierlich bestattet werden, neben seiner Mutter und seinem jüngsten Bruder Karl. Sein Herz soll aber separat in der Klosterkirche Rheinau beigesetzt werden.» Berchta nahm es zur Kenntnis. Die Sitten der Adligen waren ihr nicht geläufig. Etwas anderes beschäftigte sie mehr.

«Hoffentlich hat König Rudolf noch weitere Söhne, die die Krone erben können.» Konrad nickte.

«Ja, noch zwei, der älteste ist Albrecht, bereits sechsundzwanzig Jahre alt, und dann gibt es noch Rudolf, der ist erst zehn oder elf.»

Grabmal von Königin Gertrud Anna und dem Söhnlein Karl im Chor des Basler Münsters

«Meinst du, König Rudolf heiratet noch einmal? Immerhin ist er schon über sechzig Jahre alt.»

«Das kann ich dir nicht sagen. Bei Königen und ihrer Heiratspolitik weiss man das nie. Man wird sehen.»

Der Tag brach zeitig an. Berchta betrachtete an diesem Morgen Konrad mit besonderer Besorgnis. Sie hatte schlecht geschlafen, denn sie war etwas aufgeregt. Sie wusste, dass der Ritter Peter Schaler an diesem Tag Konrads neuestes Werk abholen würde. Zweiundzwanzigtausend Verse umfasse die Abenteuergeschichte des *Partonopier und Meliur,* hatte ihr Konrad stolz erzählt, ein gewaltiges Werk. Die halbe Nacht hatte sie sich gewälzt und gedacht: Wenn es nur Anklang findet! Immerhin hatte Konrad jahrelang daran gearbeitet. So viele Verse hatte Konrad noch in keinem Werk gedichtet. Doch ein derart unbeirrbarer und unbestechlicher Mann wie Peter Schaler war nicht einfach zufriedenzustellen. Was sie dazu beitragen konnte, würde sie tun.

Sie stellte am Morgen einen Krug mit Wein bereit und zwei Becher dazu. Auch etwas von ihrem speziellen Gebäck, dessen Rezept sie niemandem verriet. Es duftete verlockend. Sofort waren ein paar Fliegen da. Den Mädchen Gerina und Agnes gab sie jedem ein Stück, etwas, was sehr selten vorkam. Sie sollten von diesem wichtigen Moment etwas in Erinnerung behalten. Danach breitete sie ein Tuch über das Gebäck. Gleichzeitig ermahnte sie die Kinder, ja leise zu sein, damit das Gespräch mit dem wichtigen Besucher nicht gestört würde. Sie hörte Konrad im Nebenzimmer auf- und abgehen. Auch er ist aufgeregt, dachte sie. Es hat ihn viel Schweiss gekostet, Durchhaltewillen ebenfalls. Ebenso den Schreiber Berchtold, der bei der Übergabe aber nicht dabei sein würde. Sie hörte, wie unten auf der Gasse ein Pferd daher getrabt kam und warf einen Blick aus dem Fenster.

Die Magd führte den Ritter herein. Berchta musterte Peter Schalers Gesicht, seine schwarzen Augenbrauen, seine dunklen Augen, seinen festen, strengen Mund. Er strahlte wie erwartet Energie und Entschlossenheit aus. Sie begrüsste ihn und gleichzeitig kam Konrad aus dem Nebenzimmer, um den hohen Gast willkommen zu heissen. Unter dem Arm trug er die Pergamente mit dem bestellten Werk. Doch dann lief die Sache wegen eines Missgeschicks aus dem Ruder. Als nämlich Berchta dem Gast einen Becher Wein einschenkte – in der Aufregung viel zu hastig –, ergoss sich etwas Wein auf den Tisch. Erschrocken holte sie tief Luft und setzte zu einer Entschuldigung an. Peter Schaler jedoch übersah das Ganze, trat mit drei kurzen Schritten ans Fenster und blickte hinaus.

«Um diese Aussicht beneide ich Euch, Meister Konrad», liess er verlauten, «dieser Blick auf den Rhein, das Wiesental, den Schwarzwald – ist das dort die Burg Rötteln? Aber ja – wirklich sehr imposant.» Berchta beeilte sich, den Wein mit dem Tüchlein über dem

Gebäck aufzuwischen, aufgeregt und durcheinander, während Konrads Augen, welche erbost dem Geschehen gefolgt waren, sich wieder beruhigten. In diesem Moment schien plötzlich die Sonne in die Stube und liess alles in einem anderen Licht erscheinen. Erstaunlich, welche Wirkung ein Sonnenstrahl hervorrufen kann, dachte Berchta beglückt. Sie bedachte Peter Schaler mit einem dankbaren Blick. Es war hochanständig, wie er sich benommen hatte, sie hätte das nie von ihm erwartet, wirklich ritterlich.

«Ach, und den Rhein hinunter kommen gerade ein paar Flösser. Ich stelle mir immer vor, was sie für ein Leben führen, zwar voller Freiheit, aber erkauft durch Härte, Kälte und Entsagungen. Sie sind unterwegs niemandem Rechenschaft schuldig, erst wenn sie an Land kommen, gelten alle Regeln auch für sie.» Die Flösser brachten die Hölzer aus dem Jura jeweils auf dem Wasser der Birs und anschliessend den Rhein hinunter zur Stadt, lange Stämme von Fichten, acht bis zwölf Stück, die mit Weidenruten miteinander verbunden waren. Breitbeinig standen sie auf den glitschigen Baumstämmen, zwischen denen das Wasser heraufspritzte. Die Flösser gehörten zu den Unsesshaften, den Wanderern. Sie schrien sich an, wenn ein Missgeschick passierte, oder wechselten scherzhafte Worte, wild, unflätig und roh, sie störten dabei höchstens die Fischer, welche ihre Fische in Ruhe fangen wollten. Die Kinder rannten am Ufer entlang, um die Landung der abenteuerlichen Kerle nicht zu verpassen, obwohl die Eltern ihnen den Umgang mit den Flössern verboten hatten. Die Knaben bestaunten die wilden Kerle und stellten sich vor, mit dem Floss weiter den Rhein hinunter fahren zu können.

Während Konrad die Pergamentbogen mit der Dichtung überreichte und seiner Hoffnung Ausdruck gab, dass das Werk den Erwartungen entspreche, meinte Peter Schaler:

«Da bin ich mir ganz sicher. Zweiundzwanzigtausend Verse, sagt Ihr? Das ist grossartig. Ich bin voll Bewunderung.»

«Nun, der Dichter kann sein Amt nur dank besonderer göttlicher Inspiration erfüllen.»

«Natürlich, doch es gehört auch viel Ausdauer dazu. Das Werk ist grösser geworden, als ich es mir dachte, obwohl die französische Vorlage ja auch schon sehr umfangreich ist. Ich bin sehr angetan davon und gespannt auf den Inhalt.»

«Nun, ich bin der Vorlage gefolgt, habe mir aber trotzdem ein paar Freiheiten herausgenommen. Zum Beispiel die Heirat der beiden: Meliur gehört ja zur Ostkirche und Partonopier zur Westkirche. Das Paar wird nun nicht nur von einem Patriarchen getraut, wie in der Vorlage, sondern von zwei Geistlichen, nämlich auch noch von einem Erzbischof.»

«Das scheint mir eine gute Ergänzung, Papst Gregor X. versucht ja immer, die beiden Kirchen wieder zu vereinen.»

«Auch die Namen der Teilnehmer des grossen Turniers habe ich geändert. Jetzt kämpfen Ritter aus Brabant, Thüringen und Brandenburg mit. Und zweimal habe ich auch den Papagei eingefügt, das Wappentier der Psitticher.» Schaler schmunzelte.

«Das tönt alles sehr vielversprechend. Ich werde jedoch nun zuerst den Sommer auf dem Land verbringen. Meine Anwesenheit auf der Burg ist nötig, damit meine Leibeigenen ihre Arbeit verrichten, wie es sich gehört. Abgesehen davon bin ich dabei, in der Nähe eine neue Burg zu bauen. Ich lass es Euch wissen, sobald ich wieder in der Stadt bin. Dann können wir darüber reden, wann der Vortrag genehm ist. Was sind nun Eure nächsten Pläne?» Konrad schluckte. Warten bis nach dem Sommer? So hatte er es sich nicht vorgestellt.

«Nun, zuerst will ich mein Marienlob beenden, das ich wegen Eures Auftrags zurückgestellt habe.» Konrad versuchte, den leicht vorwurfsvollen Ton zu unterdrücken. «Danach sehe ich weiter. Ich hoffe, dass *Partonopier und Meliur* und auch das Marienlob so viel Aufmerksamkeit erhalten, dass wieder jemand etwas bestellt. Ich werde sonst kleinere Lyrik schreiben. Dichten ist immer auch eine Herausforderung, man darf nie stehenbleiben, und ich kann nicht ohne sein. Ich habe meiner Gemahlin schon gesagt, ich fühle mich wie eine Nachtigall, die einfach singen muss, auch wenn nachts niemand zuhört.» Peter Schaler lächelte und überreichte ihm einen Beutel mit Münzen.

«Hier die ausgemachte Summe für Euren Nachtigallengesang, die grosse Arbeit ist bestimmt den Betrag wert, den wir ausgemacht haben.»

«Besten Dank. Eine Schwierigkeit für mich ist, dass ich mich pausenlos selbst überbieten muss. Ich hoffe, es ist mir mit Eurem Werk auch gelungen.»

«Da bin ich mir sicher. Eure Virtuosität stellt alle andern in den Schatten. Ihr werdet das Werk ja dann in der Hohen Stube der Adligen vortragen, so wie gewohnt. Da wird das Echo entsprechend ausfallen. Gehabt Euch wohl bis dahin.» Als Schaler gegangen war, stellte Berchta fest, dass der Wein unberührt auf dem Tisch stand. Die ganze Aufregung umsonst, dachte sie und hoffte, Konrad würde nicht auf das Missgeschick zu sprechen kommen. Ihn beschäftigte jedoch etwas anderes.

«Nun habe ich mich so beeilt, das Werk von Schaler fertigzustellen, und jetzt geht er den Sommer über auf seine Burg und das Vortragen muss warten, bis er zurück ist», ärgerte er sich. Berchta legte ihre Hand auf seinen Arm und entgegnete:

«Ich weiss, du hättest gerne ein Urteil über dein Werk und möchtest wissen, ob es ankommt. Doch über den Sommer sind viele Adlige auf ihren Burgen, nicht nur Peter Schaler. Wenn alle wieder zurück in der Stadt sind, hast du die grössere Zuhörerschaft. Und die Zeit des Wartens und Geduldens füllst du am besten, indem du an deinem Marienlob weiterdichtest. Hauptsache, Peter Schaler ist zufriedengestellt, und wir haben bereits die

Bezahlung. Das weiss ich nämlich sehr zu schätzen. Ich denke, am Sonntag gibt es als Zugabe ein Täubchen», versprach sie und betrachtete lächelnd den gefüllten Geldbeutel auf dem Tisch.

Die folgenden Tage waren regnerisch und windig. In den schmalen Gassen hatten sich Pfützen angesammelt. Das ungewohnt nasskalte Wetter im Mai liess die meisten Leute zu Hause bleiben, ausser sie hatten etwas Wichtiges zu erledigen, wie Wasser holen oder auf den Markt gehen. Johann von Arguel sass in seiner Stube, blickte durch das Fenster auf die Freie Strasse und war bedrückt. Er wusste sich keinen Rat, sein Projekt mit dem Galgen steckte fest. Ich werde wohl Johann Rauber zu mir kommen lassen müssen, am liebsten sofort, dachte er, den besten Kenner des Rechts, ein Mann, der viel versteht, wie man sich überall erzählt. Er ist klug und ehrgeizig und tritt oft als Berater auf, überall dort, wo ein Geschäft zu vollziehen ist, sei es auf dem Petersberg, bei St. Alban oder bei St. Leonhard, stets ist er gefragt. Wie gewohnt zögerte Johann nicht lange und liess Rauber zu sich kommen.

Rauber mit seinen hellgrauen Augen, seinem messerscharfen Blick und den blonden, halblangen Haaren war in einer ungeduldigen, reizbaren Stimmung. Er empfand es als Zumutung, an einem solchen Tag zu einem Besuch gebeten zu werden. Doch wenn Johann von Arguel nach einem schickte, konnte man nicht Nein sagen. Er blickte Arguel mit schmalen Augen leicht vorwurfsvoll an, bemühte sich dann aber, ein menschenfreundliches Gesicht anzunehmen. Arguel betrachtete das Mienenspiel und liess sich davon nicht aus der Ruhe bringen, denn glücklicherweise war er aus härterem Holz geschnitzt.

«Ich habe Euch zu mir gebeten, um mich von Euch beraten zu lassen. Gibt es in Euren Augen eine rechtliche Möglichkeit, den Galgen auf der Lyss in die Nähe von St. Jakob versetzen zu lassen?», fragte er, ohne sich lange mit Begrüssungsfloskeln abzugeben. «Es ist für die Leute, die in der Nähe wohnen, eine Zumutung, immer wieder mit Gehängten konfrontiert zu werden. Es müsste doch auch ihnen ein besserer Anblick gegönnt sein, so wie den Leuten im Tal. Mir scheint es ein Unrecht.» Rauber zuckte mit den Schultern.

«Jedes Vorrecht der andern wird als Unrecht empfunden. Das bedeutet aber nicht, dass es eines ist.» Johann hatte eine ähnliche Antwort befürchtet.

«Ich weiss, Rat und Bischof haben es so beschlossen, ich war selbst dabei. Und Ihr seht keine Möglichkeit, diesen Beschluss zu umgehen, damit man trotzdem den Galgen versetzen kann?»

«Ein Beschluss ist ein Beschluss. Man kann nicht einfach nach eigenem Gutdünken handeln.» Doch Rauber wusste, mit wem er es zu tun hatte. Arguel war ein mächtiger Bewohner der Stadt, zudem auch zahlungskräftig. Deshalb fuhr er fort: «Ich kann mir den Ratschluss natürlich einmal ansehen, ob sich da eine Möglichkeit auftut, wenn Ihr es wünscht.» Johann hörte dies mit Freude.

«Genau deshalb habe ich Euch kommen lassen. Dann erteile ich Euch hiermit den Auftrag, einen Weg zu suchen. Es soll Euer Schaden nicht sein.»

«Versprecht Euch bitte nicht zu viel. Ich werde mich wieder melden, sobald ich mir Gedanken darüber machen konnte.» Damit war die Unterredung beendet. Rauber begab sich gleich zum Rathaus am Kornmarkt, dem Haus Zum Pfauen an der Ecke zur Sporengasse, und liess sich das Protokoll vorlegen, eigentlich wider besseres Wissen, denn er konnte sich nicht vorstellen, dass er dort etwas entdecken könnte. Er fand im Protokoll auch nur einen einzigen kurzen Satz: Der Rat beschliesst, dass es keinen hölzernen Galgen am Weg nach St. Jakob geben soll. Damit liess sich herzlich wenig anfangen. Er bedankte sich und verliess das Rathaus. Doch schon auf dem Weg nach Hause kam ihm ein Gedanke, und er rieb sich kichernd die Hände. Er hatte eine Lösung! Allerdings würde er Johann von Arguel noch etwas zappeln lassen. Die Bezahlung würde sicher höher ausfallen, wenn dieser glaubte, dass ihm der Schlüssel zu einer Lösung erst nach langem Studium eingefallen sei. Kampflustig und mit sich selbst zufrieden stellte er grinsend fest, dass er sein Geld durchaus wert war. Während er nach Hause lief, lachte er alle paar Minuten in sich hinein.

Eine Woche später stand Johann von Arguel wieder am Fenster im ersten Stock seines Hauses und blickte auf die Freie Strasse hinunter, musterte die Leute und hoffte, darunter Johann Rauber zu entdecken, der seinen Besuch angekündigt hatte. In der Strasse herrschte wie immer reger Betrieb. Bauern und Knechte mit Handkarren, Mägde bei einem Botengang, kleine Kinder sprangen herum, ausgerechnet zwischen die Beine einer Bauersfrau mit einem Gemüsekorb auf dem Kopf, dann folgten wiederum einige Adlige hoch zu Ross, denen man respektvoll Platz machte. Endlich sah er Rauber kommen, drehte sich um und setzte sich erwartungsvoll auf die Bank an seinem Tisch. Rauber würde ihm wohl kaum einen Besuch vorgeschlagen haben, wenn er nicht einen Weg gefunden hätte für das Problem mit dem Galgen, einen möglichen Weg, seinen Galgen im Gellert doch noch aufzustellen, um die Richtstätte auf der Lyss wegzubekommen. Arguel war gespannt, was Rauber eingefallen war. Er begrüsste ihn leutselig und stellte sofort ungeduldig die Frage, die ihn am meisten beschäftigte.

«Und, was habt Ihr mir für einen Bescheid?» Rauber liess sich Zeit. Er kannte seine Kunden und wusste, wie man etwas richtig einfädeln musste, um eine grosse Wirkung zu erzielen. Es kam nicht von ungefähr, dass er überall als bedeutender Rechtsgelehrter angesehen wurde.

«Nun, im Beschluss steht ganz klar, dass es keinen hölzernen Galgen geben darf im Gellert.» Johann hob ungeduldig den Kopf.

«Das ist mir längst bewusst, wie schon gesagt, ich war dabei. Und was kann ich nun dagegen tun?» Rauber räusperte sich, um sich langsam dem Ziel zu nähern.

«Mir ist durch den Kopf gegangen, dass von einem hölzernen Galgen die Rede ist.»

«Ja, und?»

«Von einem steinernen Galgen steht jedoch nirgends etwas», platzte Rauber mit seiner Lösung heraus. Arguel schaute ihn verblüfft an, dann begann er zu lachen und klopfte sich auf den Oberschenkel.

«Rauber, Rauber, Ihr werdet noch selbst am Galgen enden! Aber natürlich, das ist es. Von einem Galgen aus Stein hat man nie gesprochen.»

«So sehe ich es auch. Ich würde vorschlagen, diesen Gedanken umzusetzen.» Arguel grinste schadenfroh.

«Aber ohne jemanden zu fragen. Ich werde einen Galgen aus Stein anfertigen lassen und ihn dann heimlich im Gellert aufstellen. Wenn alle vor vollendeten Tatsachen stehen, wird niemand mehr willens sein, den Galgen wieder abzureissen. Und ich kann danach dafür sorgen, dass der Galgen auf der Lyss entfernt wird. Ihr seid ein Teufelskerl, Rauber. Für diesen Rat sollt Ihr einen rechten Lohn erhalten, aber auch für Euer Schweigen, bis es so weit ist.» Immer noch lachend holte er einen Beutel mit Münzen und übergab ihn Rauber fast feierlich.

«Den habt Ihr Euch wohlverdient. Ich danke Euch.» Dann lud er Rauber zu einem Becher Wein ein, und während sie tranken, dachten beide mit besonderer Freude an die Gesichter der Leute im Rat, wenn die Sache bekannt werden würde. Johann schüttelte immer wieder von Neuem den Kopf und lachte in sich hinein. Darauf tranken sie nochmals einen Becher Wein. Johann von Arguel schlug Rauber beim Abschied auf die Schulter und sagte frohlockend:

«Euer Vorschlag ist nicht nur die Lösung für mein Problem, er macht zudem noch sehr viel Spass.»

Rauber lief danach mit nicht mehr ganz sicheren Schritten die Freie Strasse hinunter direkt zum Markt. Das Treiben auf dem Kornmarkt war unübersichtlich und laut. Getreide brauchten alle, Gerste, Hirse, Dinkel, Roggen und Hafer. Es wurde nicht nur zu Brot, sondern wegen der schlechten Zähne der Leute oft zu Brei verarbeitet. Das feine, helle Weizenbrot galt hingegen als Herrenspeise. Zwischen grossen Karren und Weinwagen standen auch Körbe mit Geflügel, ihre festen Plätze hatten ebenso die Hafner sowie die Kübler beim Halseisen, dem Pranger am Rathaus. Rauber wollte sich zur Feier des Tages etwas gönnen, sicher einmal Wein, der unverfälscht von den Rebstöcken vor den Toren der Stadt in die Trotte gekommen war. Vielleicht sollte ich mir diesmal etwas vom teureren Elsässerwein oder Markgräflerwein leisten, überlegte er. Vom 3. Mai an, dem Tag des heiligen Kreuzes, durfte sechs Wochen lang in der Stadt nur Wein aus dem bischöflichen Besitz verkauft werden, damit der Bischof die Weinabgabe sicherstellen konnte.

Der Wein war nicht teurer, aber die Abgabe kam dem bischöflichen Hofstaat zugute. Ich meine, die sechs Wochen sind rum, nächste Woche ist Johannistag, ich kann also kaufen, was ich möchte, sagte sich Rauber fröhlich. Damit die Bürger der Stadt ihren Bedarf rechtzeitig und zur Genüge eindecken konnten, war auch jeweils vom Herbst bis zur Weihnachtszeit den Weinhändlern in der Stadt und in den Weindörfern im Umkreis von zwei Meilen der Einkauf verboten. Rauber betrachtete schmunzelnd den leeren Galgen auf dem Platz, der nur für politische Straftaten benutzt wurde und dachte an seine köstliche Lösung mit dem Galgen im Gellert. Johannes von Arguel hatte sich nicht lumpen lassen und ihn grosszügig bezahlt. Nach dem Weinkauf – das Fässchen würde ihm geliefert werden – lief Rauber auf die Seite zu den «Menkelern» der Gartnernzunft. Sie durften auf dem Kornmarkt Geflügel verkaufen, wie Fasane oder graue und rote Rebhühner. Es musste etwas Besonderes sein am heutigen Tag, fand Rauber. Oder sollte er noch zum Fischmarkt laufen, um sich einen guten Fisch zu kaufen? Ob es allerdings noch frischen Fisch zu kaufen gab, war zu dieser Tageszeit fraglich. Der Fischmarkt begann stets früh morgens. Ich könnte auch wieder einmal auf der Lyss ein Freudenhaus besuchen, dachte er beschwingt und sah im Geist die Schwarzhaarige vor sich, die ihn beim letzten Mal kaum mehr hatte gehen lassen. Als er sich beim nächsten Mal mit der Blonden vergnügt hatte und sich verabschiedete, war ihm aufgefallen, dass bei der Schwarzhaarigen ein enttäuschtes Lächeln über ihre Lippen gehuscht war, als ob sie etwas von ihm erwartet hätte. Das nächste Mal nehme ich trotzdem wieder die Blonde mit dem grossen Busen, dachte er vergnügt. Er zog üppige Reize vor.

Am Johannistag war der Aufmarsch der neu gewählten Ratsmitglieder, der Geistlichen und der vielen Reiter imposant – es waren rund fünfzig Ritter darunter. Konrad und Berchta schauten den Zug von Weitem an, selbstverständlich stand sie mit einer Strickarbeit am Fenster, denn eine Frau musste stets beschäftigt sein. Von der Spiegelgasse aus konnten sie allerdings nur die Reiter gut sehen. Die Blumenkränze auf den Köpfen waren zu erkennen, auch die vielen glanzvollen Kleider und Gewänder. Sie kamen aus dem Staunen nicht mehr heraus.

«Wer wird denn nun zum Bürgermeister gewählt?», fragte Berchta interessiert, während ihre ruhelos geschäftigen Finger an der Strickarbeit arbeiteten.

«Es wird immer abgewechselt, so hat es König Rudolf beschlossen, einmal ist es ein Psitticher, das folgende Jahr ein Sterner.» Berchta lächelte.

«Das ist gerecht gehandelt, eine weise Einteilung.» Sie reckte plötzlich den Hals. «Sag, was sind das für Reiter mit weissen Mänteln und einem schwarzen Kreuz darauf? Die habe ich noch nie gesehen», fragte sie neugierig.

«Das sind die Ritter des Deutschritterordens. Sie haben ein Haus in der St. Ulrichs-Gasse[12] vorne beim Kunos Tor. Es sind Kreuzritter. Ursprünglich halfen sie allen Pilgern auf dem Weg nach Jerusalem, pflegten Kranke und halfen ihnen weiter. Bald kam auch militärischer Schutz hinzu. Als sie in Palästina ihre Macht verloren, zogen sie sich auf ihre deutschen Ordenshäuser zurück, sind aber weiterhin sehr bedeutsam und haben nun auch den Weg über Beuggen nach Basel gefunden. Sie sind noch nicht lange hier.»

«Sie sehen grossartig aus», meinte Berchta staunend, «sie stechen mit ihrer Kleidung richtig heraus. Für mich sehen sie aus wie Prinzen aus einem Märchen.» Konrad lächelte.

«Nein, es sind keine Prinzen, sondern Ritter, die ein Gelübde abgelegt haben wie die Mönche, sie wollen in Armut, eheloser Keuschheit und Gehorsam leben. Arm sind sie allerdings unterdessen längst nicht mehr. Und keusch – na ja, ich habe gehört, man hätte aus praktischen Gründen in Jerusalem eine Ausnahme gestattet, es gelang offensichtlich wegen des orientalischen Klimas nicht, keusch zu leben.» Berchta schmunzelte. Konrad fühlte sich verpflichtet, die Aussage sofort zu relativieren.

---

[12] Heute Rittergasse, wegen des Deutschritter-Ordenshauses

«Der Adel ist und bleibt der wichtigste Stand. Er beschirmt uns alle mit seinen Waffen, und die Kirche sorgt für die Verbreitung des Glaubens, beide bilden den Schutz des Volkes, damit wir arbeiten können. Der Adel sorgt für die Bekämpfung von Gewalt und Tyrannei …»

«… und er pflegt überdies auch die ritterlichen Tugenden Wahrheit, Tapferkeit, Sittlichkeit und Milde. Das hast du mir oft genug gepredigt. Ich denke natürlich auch, dass wir diesen Schutz dringend nötig haben.»

Nach diesem ereignisreichen Tag legten sich Konrad und Berchta zur Ruhe. Da es im Juni spät dunkel und wieder früh hell wurde, musste man die dunklen Stunden für den Schlaf nutzen, damit man in den vielen hellen Stunden am Tag voll einsatzfähig war. Man arbeitete stets, solange die Sonne am Himmel stand. Im Winter konnte man länger schlafen, doch jetzt im Juni musste man die Zeit nutzen. Konrad lag müde auf seinem Lager und meinte zu Berchta gewandt:

«Diese Nacht müsste ich nach langer Zeit wieder einmal gut schlafen können, meine *goldene Schmiede* ist fertig geworden.» Berchta seufzte erleichtert.

«Du meinst, das Marienlob ist beendet? Das ist ja wunderbar. Es freut mich sehr, ist Maria doch meine Trösterin und die Bewahrerin der Welt, die durch mannigfaches Eingreifen und durch ihre Fürsprache im Himmel auf das Leben der Menschen einwirkt.»

«In den nächsten Tagen werde ich das Werk abliefern.»

«Dann ist dein Kopf für einmal leer – das ist unglaublich.» Berchta schloss die Augen und während sie einschlief, war sie sich fast sicher, dass sie in den Büschen am Rheinufer eine Nachtigall singen hörte.

Als Konrad am folgenden Tag nach Hause kam, war er schlecht gelaunt. Bange versuchte Berchta, den Grund herauszufinden.

«Ist etwas mit deiner *goldenen Schmiede?*», fragte sie vorsichtig. Konrad schüttelte den Kopf.

«Nein, nein, ich habe sie abgegeben. Aber ich habe gerade erfahren, das Walther von Klingen nach Basel zieht und sich neben der Peterskirche niederlassen will, in einem recht grossen Haus, unübersehbar», erklärte er fast empört. Berchta staunte.

«Und? Es haben viele ein grosses Haus, und ich denke, er hat genug Geld dazu. Was hat das mit dir zu tun?»

«Er hat überall die besten Verbindungen. Es könnte sein, dass er wieder zu dichten anfängt, dann bin ich weniger gefragt und habe weniger Aufträge.» Berchta lächelte. Sie trug einen dunklen Stirnreif, sodass ihre braunen Augen besonders schön zur Geltung kamen.

«Er ist doch keine Konkurrenz, so gut wie du ist keiner. Wo immer ich hinkomme, wird nur in den höchsten Tönen von dir gesprochen. Vielleicht wird er eher dein Schüler.» Jetzt schmunzelte Konrad.

«Nun, man kann immer voneinander lernen. Es gibt ja mehrere Minnesänger bei uns, der Göli, der Pfeffel und auch Werner von Neu-Homberg …»

«… die sind auch alle keine Konkurrenz für dich. Auf jeden Fall hast du nun das Marienlob *Die goldene Schmiede* übergeben, ich bin sicher, es wird weitherum ein grosses Echo finden.»

«Ja, ich bin selbst recht stolz darauf. Ich hoffe im Stillen, dass jemand vom Domkapitel es so sehr schätzt, dass ein neuer Auftrag dabei herausspringt. Im Moment fehlt mir einer, ich werde wohl einige Spruchdichtungen nur für mich verfassen.»

«Das erklärt mir deine schlechte Laune nicht. Ist sonst noch etwas, das dich plagt?», fragte Berchta vorsichtig weiter.

«Meine Laune ist nicht schlecht, im Gegenteil. Aber ich bin etwas beunruhigt. Politisch hat sich einiges getan, aber nichts, was dich betreffen muss. Reinhold von Burgund, der Graf von Montbeliard, hat sich des Städtchens Pruntrut und der gleichnamigen Burg bemächtigt, und machte dem Bischof von Basel die herrschaftlichen Ansprüche in der Ajoie streitig.» Pruntrut war für Berchta so weit weg wie der Mond, sie hatte keine Ahnung von den Dingen, die Konrad ihr gerade schilderte. Gehorsam hörte sie ihm trotzdem weiter zu. «Es kam, wie es kommen musste: Unser Bischof erbat sich Unterstützung von König Rudolf von Habsburg. Nach sechswöchiger Belagerung durch die königlichen Truppen wurde die Stadt nun übergeben, und der König stellt dem Bischof von Basel einen Freibrief für Pruntrut aus. Damit ist er dessen weltlicher Herr.» Berchta blickte

Konrad etwas verwirrt an, denn was kümmerte sie, ob der Basler Bischof nun Herr vom fernen Pruntrut geworden war? Vor allem sah sie keinen Grund darin, weshalb Konrad schlechte Laune hatte. Wahrscheinlich lag es einfach daran, dass er sein letztes Werk abgegeben hatte und kein neuer Auftrag in Sicht war.

8. Kapitel

Vênus diu sol den apfel hân,
az erteil ich ir bî namen.

Venus soll den Apfel haben,
das erteil ich ihr in meinem Namen.
(Trojanerkrieg)

Eines Abends stand der Mann wieder da, der Mann, der Liobas Träume beherrschte, er blickte sie mit den klugen grauen Augen an, die sie nicht aus dem Kopf bekommen hatte! Lioba jubelte innerlich. Und das Beste dabei war, dass Greta sich bereits mit einem anderen Freier beschäftigen musste. Diesmal werde ich ihn umgarnen, dass er in Zukunft nur noch mit mir zusammen sein will, dachte und hoffte Lioba. Sie zog ihn lachend die Treppe hoch und fragte: «Wie heisst du eigentlich?» Der Mann zögerte einen Moment und antwortete dann: «Veit.» Lioba wusste sofort, dass er nicht seinen richtigen Namen genannt hatte. Doch es war nicht wichtig, einzig, dass er hier war und sie wieder mit ihm zusammen sein konnte, zählte. Johann Rauber fragte sich im Stillen, wie er auf den Namen Veit gekommen war. Er sah sich nach der blonden Dirne um, konnte sie aber nirgends entdecken. So liess er sich gegen seinen Wunsch von Lioba in den ersten Stock führen. Sie vergass alles um sich herum und genoss die Stunden des

Zusammenseins mit Veit wie nie zuvor. Sie hatte nicht gewusst, wie glücklich man sich fühlen konnte.

Als sie mit ihm endlich wieder die Treppe herunterkam, stand Greta in der Küche. Ihren empörten, bösen Blick würde Lioba wohl nie mehr vergessen. Sobald Veit draussen war, stürzte sich Greta wie ein wütender Stier mit gesenkten Hörnern auf sie und schlug nach ihr, wortlos, wie immer bei Greta. Doch es war ein kraftloser Schlag, Lioba wich ihm aus, sodass Greta stolperte und hinfiel. Als sie sich aufrappelte, stiess sie einen furchtbaren Fluch gegen Lioba aus, er war mehr gezischt als gesprochen, scharf und gepresst, dann drehte sich um und lief zu ihrem Strohlager. Ida stand sprachlos daneben und wusste nicht, ob sie eingreifen sollte.

«Was war denn das?», fragte sie entgeistert, «Greta ist richtig ausser sich geraten. Was hast du ihr getan?» Lioba atmete schwer.

«Ich habe mich mit einem Mann vergnügt, den sie wohl auch haben wollte. Doch ich habe ihn zuerst bedient, beim zweiten Mal hat ihn mir Greta weggeschnappt – und jetzt ich halt wieder ihr. Aber dass sie so reagiert, hätte ich nicht erwartet. Wir sind doch Dirnen und haben kein Recht auf ein männliches Wesen.» Ida stand immer noch unter dem Eindruck des Erlebten und flüsterte: «Sie hat dich verflucht, richtig verflucht.» Sie bekreuzigte sich.

«Ja, ich habe es gehört. Es wird schon nicht so ernst gemeint sein.» Sicherheitshalber griff Lioba an ihr Amulett. Doch Ida war kaum zu beruhigen.

«Ich sagte schon immer, sie ist eine Teufelin. Hast du ihre Augen gesehen? Unheimlich. Nimm dich in Zukunft vor ihr in Acht und überlass ihr das nächste Mal den Mann.» Liobas Herz klopfte stürmisch und sie errötete.

«Sicher nicht. Ich werde mit ihm zusammen sein, so oft er es wünscht. Ich war noch nie so glücklich, wie mit ihm.» Ida schüttelte missbilligend den Kopf.

«Meinst du, dass er das wert ist?» Sie bückte sich und scheuchte ein Huhn aus der Küche, das dort am Boden pickte. «Dass diese Viecher nicht draussen bleiben können, wo sie hingehören», rief sie laut, doch auch irgendwie froh, wieder den normalen Alltag zu spüren. Es half, die schrecklichen Worte von Greta in den Hintergrund zu rücken. Der Gedanke daran ängstigte sie, ihre innere Ruhe war dahin, ihre Lippen bebten. Die Sache erschien so ungeheuerlich! Sie glaubte fest an das Teuflische.

«Sie hat dich verflucht», sagte sie nochmals mit fast tonloser Stimme und wünschte einmal mehr, dieses Haus und Greta verlassen zu können. «Wenn dir etwas passiert, Lioba, werde ich gehen», nahm sie sich vor und rechnete im Stillen schon fest damit. Doch wohin sollte sie sich wenden?

Lioba fühlte sich unwohl, der Fluch lastete auf ihr, obwohl sie immer wieder versuchte, ihn nicht zu schwerzunehmen. Sie grübelte über alles nach und war sich nach wie vor keiner Schuld bewusst. Keine Dirne konnte sich das Recht herausnehmen, einen Mann als den ihrigen zu betrachten. Böses mit Bösem zu vergelten, das hätte sie gerne getan, wusste aber nicht wie. Was jedoch noch wichtiger war: Wie konnte sie den Fluch brechen? Sie ging deshalb zur Beichte in die Peterskirche. Wie immer war der Eingang der Kirche umlagert von Bettlern. Sie lungerten träge herum, glotzten auf das Kirchenportal und hofften, jemand würde herauskommen und ihnen ein Almosen geben. Es war nicht zu übersehen, dass die Bettler sich extra in einem traurigen Zustand präsentierten, und die vielen Kinder konnten auch nicht nur zu einer einzigen Mutter gehören. Als Dirne zählte Lioba ebenfalls zu den Aussenseitern, deshalb erwartete man nichts von ihr, die am Boden kauernden Männer betrachteten sie nur anzüglich.

Der Duft von Weihrauch traf sie unvermittelt, als sie in die Kirche eintrat. Sie blieb einen Moment stehen, um sich an das Dämmerlicht im Innern zu gewöhnen. Die Grösse des Raumes und die feierliche Stille beruhigten sie sofort. Ein paar Kerzen flackerten auf einem Altar in der Dunkelheit. Der Chorherr, den sie als Beichtvater bevorzugte, war dort und las eine Messe. Er war recht jung und von einnehmender Gestalt, sodass kurz nach seinem ersten Auftreten auch schon die Hälfte der Damenwelt in eine religiöse Schwärmerei verfallen war. Nie hatte man früher sonntags eine solch grosse Zahl junger Frauen in der Peterskirche gesehen. Auch Lioba hatte Gefallen an ihm gefunden, deshalb wartete sie geduldig, bis er zu Ende war mit den Gebeten. Dann stürzte sie auf ihn zu und flehte:

«Ihr müsst mir helfen, bitte.» Der Chorherr zog die Augenbrauen hoch und fragte väterlich:

«Was kann ich für dich tun, meine Tochter?» Lioba erzählte ihm von dem schrecklichen Fluch und wie es dazu gekommen war. Der Priester hörte geduldig zu. Dann nickte er gewichtig, räusperte sich und sagte mit seiner tiefen, sanften Stimme:

«Ich verstehe deine Sorgen. Ein Mensch weiss nie, ob er Gottes Liebe oder Gottes Zorn würdig ist. Es gibt nur einen Weg, nur eine Person, die dir dabei helfen kann, den Fluch zu brechen. Ich spreche hier von demjenigen, der alles auf sich genommen hat, von Jesus Christus. Er entzieht dem Satan jedes Anrecht an deinem Leben. Du siehst hier in der Kirche Christus am Kreuz gut sichtbar aufgehängt. Damit wird uns gelehrt, dass wir eine Kirche betreten und unter Tränen ausrufen können: Ach Herr, das hast Du für mich getan! Bete also zu ihm und du gehörst wieder zu den Kindern Gottes.» Lioba blickte ihn ungläubig an.

«Beten hilft den Fluch zu brechen?», fragte sie leise.

«Beten hilft immer, aber es ist sehr wichtig, dass du auch daran glaubst. Fürchte dich nicht, hat der Herr auch für dich gesprochen. Bete nun drei Ave-Maria und gehe hin in Frieden.» Lioba tat, wie ihr geheissen, aber ihre Zweifel blieben bestehen. So sehr sie sich auch bemühte, sie konnte nicht an die Wirksamkeit des Gebets glauben. Sie vermied es, darüber zu reden, doch die Unruhe und Angst wuchsen immer mehr. Beten hilft, aber du musst auch daran glauben – dieser Satz verfolgte sie. Doch vergeblich, sie konnte nicht glauben, dass der Fluch keine Macht mehr über sie haben sollte. Jedes Mal, wenn Greta ihr begegnete und sie mit ihren arglistigen Augen anschaute, wusste sie, der Fluch besteht immer noch. Sie wünschte sich weit fort, irgendwohin, wo keine Greta sie mit ihren merkwürdigen Augen spöttisch ansehen konnte, und sie täglich daran erinnerte, dass sie sie verflucht hatte.

Fünf Wochen später erfüllte sich der Fluch. Die Sonne stand hoch und glänzend am Himmel. Lioba lag in ihrer Ecke auf dem Stroh und fühlte sich schlecht. Nach dem Stand der Sonne ist es Mittag, dachte sie, mochte aber nicht aufstehen. Schon gestern hatte sie sich nicht wohl gefühlt und die ganze Nacht unruhig geschlafen. Sie war mehrmals aufgestanden und nach draussen gegangen, um in der dunklen Sternennacht frische Luft zu schöpfen. Auch heute Morgen war ihr übel, der Gedanke an Essen verschlimmerte es nur. Sie musste etwas trinken, vielleicht einen Schluck Wein. Wasser war ungesund, da es oft nicht sauber genug war, das wussten alle. Sie schleppte sich in die Küche und goss sich einen Becher voll Wein ein und trank ihn langsam. Doch dann blieb nur noch ein Rennen hinters Haus zum Abort. Was war nur mit ihr los? Als sie wieder in die Küche kam, stand Greta da mit einem süffisanten Lächeln und blickte sie herausfordernd an.

«Schwanger?», fragte sie höhnisch. Lioba durchlief es wie ein Schauer, der Gedanke war ihr noch nicht gekommen. Sie rang nach Luft. Aber sie kannte die Anzeichen. War es möglich? Aber natürlich. Es war reine Glückssache, als Dirne davon verschont zu werden. Sie hatte sich vor diesem Moment immer gefürchtet, aber sich auch schon vorgenommen, in diesem Fall zur Henkersfrau zu gehen. Das Kind zu behalten, kam nicht infrage, hoffnungslose Armut war so sicher wie der Tod. Da kam Mechthild in die Küche und bemerkte die Spannung in der Luft.

«Was gibts?», fragte sie neugierig. Lioba schwieg, Greta sowieso.

«Was ist los?», fragte Mechthild noch einmal, und zwar schärfer als zuvor. Dann betrachtete sie Liobas Gesicht und meinte erbarmungslos: «Du siehst aus wie ein gestochenes Schwein.»

«Genauso fühle ich mich auch», antwortete Lioba. Die Angst erdrückte sie fast, es war die schreckliche Furcht vor dem, was auf sie zukommen würde. Rasch berührte sie ihr Amulett. Sie wagte nicht, an ein Kind zu denken, es blieb aber auch keine Zeit, um sich von der Richtigkeit der Vermutung zu überzeugen. Sie konnte nicht abwarten, um sicher zu sein, denn sie durfte keine Zeit verlieren. Wenn man schwanger war, musste man rasch handeln, um zu erreichen, dass man das Kind nicht bekam. Mehr wusste sie nicht darüber. Ob diese Ansicht die richtige war? Sie blickte Mechthild entschlossen an und sagte barsch: «Ich werde heute Nacht zur Henkersfrau gehen müssen.» Mechthild erstarrte und nahm dann mitfühlend ihre Hand, während Greta ein triumphierendes Lächeln nicht unterdrücken konnte.

«Bist du sicher?», fragte Mechthild ängstlich und erschauerte. Dann wandte sie sich zu Greta und blickte sie böse an.

«Du hast sie verflucht», flüsterte sie entsetzt, fast von Sinnen vor Empörung, «lasst es ja nicht Ida wissen.» Erschrocken und mit einem halb unterdrückten Schrei schaute Lioba verstört um sich, wankte und brach zusammen. Sie verbarg das Gesicht in den Händen, sank auf die Bank und schluchzte. Als sie wieder aufsah, lag in ihrem Blick ein tiefer Schmerz. Sie musste sich mit den Tatsachen abfinden. Sie war schwanger. Sie hatte wenig gespart, ob es wohl reichen würde für die Henkersfrau. Was, wenn nicht? Würde ihr irgendjemand Geld borgen? Der Frauenwirt vielleicht? Sie könnte ja behaupten, dass das Kind von ihm sei. Obwohl er bald merken würde, dass es nicht möglich war, weil er seit einiger Zeit Greta bevorzugt hatte. Wie sollte sie nur mit all diesen Problemen fertig werden? Es kam ihr vor, als müsste sie sich entschliessen, vom Dach eines hohen Hauses zu springen. Plötzlich durchzuckte sie ein Gedanke. Vielleicht ist das Kind von Veit? Ihr wurde heiss dabei, und sie merkte, dass diese Vorstellung keineswegs hilfreich war. Doch auch wenn sie ein Kind von ihm erwarten würde, nähme er sie trotzdem nicht zur Frau, und eine ledige Frau mit Kind wollte sie nicht werden. Nein, das Kind musste weg. Sie würde gleich heute

Abend zur Henkersfrau gehen.Als es genug dunkel war, sodass man sie nicht mehr erkennen konnte, schlich sie sich aus dem Haus, lief langsam der Stadtmauer entlang bis zu den Häusern am Kohlenberg und hoffte inständig, dass sie niemandem begegnen würde. Der Wind zerzauste ihre Haare. Krampfhaft umklammerte sie ihren Geldbeutel mit den Basler Pfennigen. Der Weg war schlüpfrig, schmal und dreckig, und die Dunkelheit erschwerte das Laufen. Die Gasse war voll Unrat und Gestank. Es herrschte tiefe Stille. Dunkle, schmale Schatten huschten hin und her, oder bildete sie sich das nur ein? Eine Katze eilte über den Weg und Lioba hielt erschrocken inne. Sie schaute immer wieder zum Himmel empor, denn ein Schimmern am Horizont fesselte ihren Blick. Bald würde der Mond aufgehen. Dieser Gedanke half ihr, sich zu beherrschen und weiterzugehen. Sie tastete sich in der Dunkelheit unsicher vorwärts, war dankbar, wenn aus einem der bescheidenen, kummervollen Häuser am Kohlenberg ein schwacher Lichtschein den Weg erleuchtete, sah die Leute um das Herdfeuer sitzen – wie tröstlich, dass es noch andere Menschen gab! Nicht nur drei Tage blieben die Leute da wohnen, wie sie sollten, sondern oft viel länger, ganz nach Belieben. Immer wieder hatte der Oberstknecht gegen das Gesindel einzuschreiten, Fehlbare fortzuweisen. Es war das Treiben des freien zuchtlosen Volkes, dem die Welt gehörte, und das überall so leben wollte wie draussen auf der Heide, im Wald oder in der Dorfschenke. Wenn ich ein Kind bekomme, lande ich auch wieder bei ihnen, dachte Lioba und schüttelte sich bei dieser Vorstellung. Endlich kam sie in der Nähe des Henkerhauses an. Ein grosser Baum stand davor, der Gerichtsbaum für das Kohlenberggericht. Sie wusste, es war ein ganz spezielles Gericht, ausschliesslich für die Bewohner des Kohlenbergs. Der Gedanke an eine Rechtsprechung war belastend für ihr schlechtes Gewissen. Obwohl, sie war sich keiner wirklichen Schuld bewusst, ausser dass sie jetzt zur Henkersfrau unterwegs war. Die geheimen Kräuter, die sie verwaltete, waren sicher des Teufels, aber es blieb kein anderer Weg. Zögernd trat sie näher. Was hatte ihre Mutter stets gesagt: Der Teufel möchte gerne aus einer Sünde drei oder vier machen, das ist seine Art. Wenn Gott wollte, dass ich eine Dirne bin, dann muss er doch auch einrechnen, dass ich kein Kind bekommen will, dachte sie trotzig. Sie fasste wieder an ihr Amulett, so nötig hatte sie es noch nie gebraucht. Sie nahm ihren ganzen Mut zusammen und klopfte an die Tür. Eine wild aussehende Weibsperson öffnete, sie hatte ein Muttermal im Gesicht, was allgemein als Zeichen für eine Hexe angesehen wurde, und die Haare wehten nach allen Richtungen. Lioba hatte das Gefühl, in ihrem ganzen Leben nie einer so seltsamen, wunderlichen Gestalt begegnet zu sein. Das Unbehagen verstärkte sich, Angst beschlich sie.

«Was wollt Ihr?», fragte die Frau barsch und mit hohler Stimme. Dann gab sie sich selbst die Antwort: «Ah, ich sehe schon, Ihr seid eine Dirne. So habt ihr das übliche Problem, nicht wahr?» Lioba nickte.

«Ich glaube, ich bin schwanger. Ich habe aber nicht viel Geld», flüsterte sie und streckte ihren kleinen Beutel der Frau entgegen. Diese warf einen Blick hinein und verschwand damit. Lioba wartete – am liebsten wäre sie davongerannt, ihr Herz klopfte zum Zerspringen. Sie presste die Hand auf ihr Amulett, das Einzige, was vor den teuflischen Mächten, mit denen sie konfrontiert war, schützen konnte. Sie dachte an Lisa, welche beim Anblick der Kräuter ebenfalls entsetzt das Weite gesucht hatte. Wie gut konnte sie sie nun verstehen. Lioba nahm sich vor, Ruhe zu bewahren. Im Gegensatz zu Lisa bin ich erwachsen, dachte sie. Die Henkersfrau erschien wieder mit einem Becher in der Hand.

«Trinkt das», forderte sie Lioba auf. Lioba nahm allen Mut zusammen, ergriff den Becher, leerte ihn in einem Zug und gab ihn rasch wieder zurück, als hätte sie sich daran die Finger verbrannt. Es schmeckte bitter. Die Frau brummte etwas, was vielleicht «Gehabt Euch wohl» geheissen hatte und schloss die Tür. Lioba schluckte. Wars das schon? Wie auch immer, sie verliess rasch den unwirtlichen Ort und rannte stolpernd und unsicher zurück zu ihrem Haus. Ausser Atem, schwindlig, verwirrt und von Entsetzen geschüttelt sank sie auf ihr Strohlager.

Zwei Stunden später krümmte sich Lioba vor Schmerzen. Sie lag auf ihrem Lager im kärglichen Schlafraum und verzog qualvoll das Gesicht. Auf ihrem Kleid waren deutlich Blutspuren zu sehen, das Blut lief ihre Beine hinunter in den Strohhaufen, und es wollte nicht aufhören. Die Bauchschmerzen waren fürchterlich – sie dachte, dass eine Geburt kaum mehr Qualen bereiten könne. Zum Glück waren die drei anderen Frauen im ersten Stock mit den Freiern beschäftigt, so konnte sie wenigstens laut stöhnen, ohne dass es jemanden störte. «Veit …», flüsterte sie unter Tränen. Ob sie diesen Eingriff überlebte? Sie war sich nicht sicher. Sie setzte sich auf, sass an den Rand des Strohlagers und barg das Gesicht in den Händen. Wer würde ihr schon eine Träne nachweinen? Noch nie hatte sie sich so einsam gefühlt. Sie legte sich wieder erschöpft hin, als die nächste Schmerzwelle kam und wartete angstvoll, bis sie vorüber war. Einmal mehr nahm sie ihr Amulett in die Hand, dachte an ihre sterbende Mutter und ihre Worte, dass das Amulett sie schützen würde. Wem könnte ich das Amulett weitergeben, wenn ich jetzt sterben muss, fragte sie sich. Lisa fiel ihr ein, obwohl sie mit ihr genau genommen gar nicht oft zusammen gewesen war. Eigenartig, dachte sie, die wenigen Stunden haben genügt, um mir Lisa näherzubringen. Nie habe ich mich richtig von ihr verabschieden können – und trotzdem würde ich mein Amulett am liebsten Lisa vermachen. Ich muss es den andern sagen, wenn sie kommen, dachte sie, unbedingt, bevor es zu spät ist. Und schon krümmte sie sich wieder vor Schmerz. Das Blut floss und floss, es hörte einfach nicht auf. Sie hatte Durst, war aber zu schwach, um aufzustehen und etwas zu trinken zu holen in der Küche. Sie atmete schwer und bekam immer mehr Angst. War es das Ende? Sie befürchtete, zu weit gegangen zu sein, oder hatte sich die Henkersfrau in der Dosis vertan? Ermattet lag sie da, schloss die Augen und spürte, wie ihr Bewusstsein schwand …

Ein prächtiger Februartag kündigte sich an mit einem stahlblauen Himmel, aber auch mit einer kräftigen Bise. Die ganze Stadt war voller Vorfreude, denn König Rudolf weilte in Basel, um sich mit der erst vierzehnjährigen Isabella von Burgund zu verheiraten. König Rudolf hatte Basel keineswegs aus den Augen verloren. Es war durchaus üblich, Mädchen im Alter von zwölf bis vierzehn Jahren zu vermählen. Berchta war trotzdem entsetzt.

«Wie kann ein Sechsundsechzigjähriger eine Frau heiraten, die so viel jünger ist als er? Sie tut mir wirklich leid, dass sie mit so einem alten Mann verheiratet sein muss. Er könnte ihr Grossvater sein.» Konrad lächelte über ihre Empörung.

«Das verstehst du nicht. Das ist reine Politik, Heiratspolitik. Seit er zum König gewählt ist, vermählt Rudolf seine Söhne und Töchter mit den Nachkommen der Fürstenhäuser, die Kinder haben dazu gar nichts zu sagen, wie das bei Höfen so üblich ist. Er will damit vermutlich den Grundstein legen für ein grosses habsburgisches Reich. Er hat schon viel unternommen dafür.»

«Dann könnte er doch zufrieden sein.»

«Ein König ist nie zufrieden. Nun geht es gegen Westen zum Königreich Burgund, auf das er durch die Heirat Einfluss nehmen kann. Er hat Isabella übrigens zwanzigtausend Mark Silber als Heiratsgut und dreitausend Mark als Morgengabe überschrieben. Warum soll sie ihn da nicht heiraten? Und er hat vor drei Jahre seine Gemahlin verloren, wie du weisst.»

«Natürlich, an ihr Begräbnis erinnere ich mich noch gut, die Feierlichkeiten im Münster waren beeindruckend. Wir beide hatten nicht einmal Platz, weil so viele hohe Herren anwesend waren.»

«Bei der bevorstehenden Hochzeit wird es nicht anders sein», vermutete Konrad und legte seinen Arm um Berchta. «Vielleicht können wir von Weitem einen Blick auf das Ganze werfen.»

«Ja, die Braut möchte ich unbedingt sehen. Man wird dem Volk doch bestimmt Gelegenheit dazu geben.»

«Sicher, König Rudolf ist recht volkstümlich. Es wird vor der Trauung eine Prozession geben zum Münster und danach eine weitere durch die Stadt zum Ort, wo das Hochzeitsmahl stattfindet. Ich vermute, das wird im Predigerkloster sein, begleitet mit Tanz und Musik, die Glocken werden läuten, und das Volk kann Spalier stehen und die Braut ausgiebig bestaunen.» Einen König und eine Königin zu sehen, war schon sehr besonders, und nun auch gleich noch die Hochzeit der beiden miterleben zu dürfen – Berchta konnte ihr Glück kaum fassen.

«Man sagt, dass es noch eine weitere Hochzeit geben wird, nämlich die Heirat des unehelichen Sohns von König Rudolf, Graf Albrecht von Löwenstein, er soll die Hand von Luitgard von Bollanden bekommen.» Berchta war das recht, von ihr aus konnte es nicht genug Hochzeiten geben, schöne Kleider zu sehen, war stets eine Wonne, eine wunderbare Abwechslung im eintönigen Alltag. Auch ein glänzender Hoftag wurde abgehalten und vereinigte eine grosse Zahl von Bischöfen, Herzögen, Grafen und weiteren hochgestellten Herren. Der Hof war stets da, wo der König sich aufhielt. Keine Gelegenheit wurde ausgelassen, Pracht und Prunk der Hofhaltung zur Geltung zu bringen, Lustbarkeiten und Turniere zu Ehren des Hochzeitspaares wechselten sich ab, wobei die Ritter Münch und Schaler stets eine wichtige Rolle spielten. Nur Johann von Arguel betrachtete die prunkvollen Vorbereitungen mit Verachtung und machte sich Gedanken darüber, was das alles kosten könnte, sicher mehrere Hundert Mark Silber! Summen, die sich das gewöhnliche Volk nicht vorstellen konnte.

Johann von Arguel schien es, dass jetzt der geeignete Moment gekommen sei, seinen listigen Plan mit dem Galgen im Gellert auszuführen. Niemand würde es bemerken, denn alle waren mit den Hochzeitsvorbereitungen für den König beschäftigt. Es ist die delikateste

Idee, die je ausgeheckt worden ist, dachte er wieder einmal lächelnd. Er liess nun heimlich einen Galgen anfertigen. Der steinerne Galgen bestand aus einem gemauerten Dreieck. Von diesen Mauern aus ragten drei steinerne Säulen empor, über die drei Holzbalken gelegt wurden, welche die Säulen verbanden. An diesen Balken wurden die Stricke befestigt, mit denen man die Verurteilten erhängte. Die fertiggestellten Teile liess Johann mit einem Wagen zum geplanten Ort im Gellert bringen, um ihn dort zu errichten. Als er damit fertig war, rieb er sich die Hände und betrachtete sein Werk. Er hatte alles so ausnehmend scharfsinnig erdacht und mit solcher Kaltblütigkeit ausgeführt, dass er höchst zufrieden war. Das wäre geschafft, dachte er, nun bin ich gespannt auf die Reaktion der Leute. Weil damit vollendete Tatsachen geschaffen waren, kam es hoffentlich so, wie von ihm erwartet. Er rechnete fest damit, dass niemand mehr willens war, den Galgen wieder abzureissen.

Erhobenen Hauptes erschien er an der nächsten Ratssitzung. Er war äusserst gespannt. Im Rat wurde wie vorausgesehen laut gemurrt.

«Das Aufstellen eines Galgens durch einen Privatmann dürfen wir nicht dulden», rief ein Ratsmitglied. Mehrere stimmten laut zu.

«Dieser Meinung bin ich auch, es gilt zu beachten, dass hier ein wichtiges Symbol obrigkeitlicher Macht ohne Erlaubnis errichtet wurde.»

«Der Galgen auf der Lyss genügt doch vollauf», entgegnete schliesslich einer. Das war das Stichwort für Johann. Er wandte sich ihm zu.

«Das bestreitet niemand. Alle haben schon einmal miterlebt, wie ein Dieb gehängt wurde, oder nicht? Aber hat jemand einmal überlegt, wie es nach der Vollstreckung weitergeht? Meist baumelt der Verurteilte nämlich wochenlang am Galgen, er soll ja zur Abschreckung dienen. Furchtbar sehen diese Leichen aus, die Augen von Vögeln herausgepickt, angefressen von wilden Tieren, Fliegen umschwirren den Leichnam – ich erspare Euch weitere Schilderungen. Doch die Anwohner auf der Lyss und in der Spalenvorstadt müssen sich das mitansehen, jeden Tag, wenn sie aus dem Haus gehen. Deshalb ist ein Galgen an der Strasse nach St. Jakob der bessere Ort, hier schreckt er ebenfalls alle ab, die des Weges kommen, aber er stört keine Anwohner.»

«Es geht hier nicht um irgendwelche Anwohner, sondern in erster Linie darum, dass ein Ratsbeschluss umgangen wurde!», rief ein Weiterer dazwischen. Johann meldete sich wieder zu Wort.

«Meine Herren, Sie sind, wie ich merke, hinsichtlich meines Handelns im Irrtum. Ich kann Ihnen versichern, dass ich die Obrigkeit keinesfalls herausfordern oder den Ratsbeschluss umgehen wollte. Wenn man den Beschluss genau liest, so wurde ohne Zweifel ein hölzerner Galgen verboten», Johann machte eine Kunstpause, dann fuhr er fort: «Aber nicht einer aus Stein!» Die perplexen

Gesichter der Ratsmitglieder zu sehen, war für Johann ein einmaliger Genuss. Er weidete sich einen Moment an diesem Anblick, dann fuhr er fort:

«Und dient der steinerne Galgen nicht auch der Rechtsprechung? Dazu kommt noch ein praktischer Grund: Wer am Galgen stirbt, wird danach bekanntlich in einem Loch verscharrt, ohne jegliche Zeremonie. Im Gellert kann dieses Verlochen gleich an Ort und Stelle vorgenommen werden. Es hat viel Platz dafür. Auf der Lyss muss man den Gehängten, oder was von ihm noch übrig ist, zuerst noch ein Stück weit transportieren, hinüber zur Elisabethenkapelle, wo Verbrecher begraben werden. Ich beantrage deshalb, in Zukunft den neuen Galgen im Gellert zu benutzen.» Diese Argumente leuchteten den meisten ein. Johann lächelte zufrieden. Er hatte den Rat überzeugt. Er hätte noch ein weiteres Argument gehabt, doch dieses vorzubringen, war gar nicht mehr nötig.

Lioba öffnete langsam die Augen, unsicher und ängstlich, was sie vor sich sehen würde. Sie hatte das Gefühl, von sehr weit her zu kommen, wochenlang irgendwo anders gewesen zu sein, doch sie blickte nur in die besorgten Gesichter von Ida und Mechthild.

«Gott sei Lob und Dank, sie kommt zu sich!», rief Ida laut und bekreuzigte sich. Lioba fühlte sich furchtbar schwach, leer und wie ausgehöhlt. Sie hob den Kopf und sah an sich herunter. Es hat aufgehört zu bluten, stellte sie erleichtert fest. Ich habe wohl das Kind verloren, wie gewünscht, und bin noch am Leben. Auch die grässlichen Schmerzen haben aufgehört, dachte sie befreit. Die letzten Zweifel, die sie noch hegte, verbarg sie tief. Die vergangenen Stunden waren ganz verwischt und hinterliessen bei ihr nur den Eindruck einer schweren, erstickenden Leere. Einmal hatte sie das boshaft grinsende Gesicht von Greta vor sich gesehen, wohl in einem der Träume. Die neugierigen Blicke, mit denen die beiden andern sie jetzt musterten, liess sie apathisch über sich ergehen. Sie hatte keine Lust zu reden oder Fragen zu beantworten und wartete ergeben ab, wie es weitergehen würde. Sie wusste nicht, ob sie krank war oder verrückt oder sonst etwas. Sie presste ihre Hand auf die Stirn und die andere auf die Brust. Ein Zittern lief über ihren Körper, sie spürte eine unerklärliche Unruhe, ein Gefühl, als ob sie einen grossen Verlust erlitten hätte. Doch hatte sie das nicht auch? Sie sah sich hilflos in der schäbigen Kammer um. Ich bin hier wie in einem Traum, dachte sie. Was hält mich an diesem Ort? Gestern, erinnerte sie sich mit Schaudern, hatte sie einen Pakt mit dem Teufel geschlossen, den Trank der Henkersfrau angenommen – und nun? Wie soll es nun weitergehen? Sie war sich selbst fremd, wie vor den Kopf geschlagen. Mechthild brachte ihr etwas Wein. Lioba merkte, dass sie tatsächlich Durst verspürte. Später würde sie wohl etwas Suppe zu sich nehmen.

«Du warst mehrere Stunden bewusstlos», erläuterte ihr Mechthild, «wir wussten nicht, was wir tun sollten. Ich fürchtete mich, dich aufzunehmen oder auch nur anzurühren. Und es hat ständig geblutet.» Ida nickte.

«Wir hatten unsagbar Angst, dass du stirbst.» Aber das ist nun nicht der Fall, ganz bestimmt nicht, dachte Lioba und lächelte.

«Greta hat vergeblich gejubelt», ergänzte Ida schadenfroh. Lioba nahm es gelassen zur Kenntnis. Es gab ständig Klatsch und Intrigen, Neid, Zwietracht und Hass, seit Greta bei ihnen war. Eigenartigerweise liess sie alles kalt. Niemand soll erfahren, wie sehr sie gelitten, welche Qualen sie ertragen hatte. Fragend blickte sie zu Ida.

«Wo ist sie denn?» Ida wechselte einen raschen Blick mit Mechthild und wand sich, während Mechthild tief einatmete und schliesslich mit der Antwort herausplatzte:

«Greta ist beschäftigt mit deinem verehrten Mann. Der Zufall wollte es, dass er genau heute auftauchte.» Veit! Ausgerechnet er, dachte Lioba. Aber dann stellte sie fest, dass sie ohne Schauer an ihn denken konnte. Kein unangenehmes Ziehen und Sehnen, wie üblich, sondern rein gar nichts. Das Einzige, was sie empfand, war die traurige Tatsache: Ich habe sein Kind verloren – wenn er das wüsste! Sie schaute die beiden andern erstaunt an und bemerkte leise:

«Ich bin über ihn hinweg. Soll sie sich doch mit ihm vergnügen. Ich will ihn nicht mehr sehen.» Greta konnte ihr nichts mehr antun. Sie hatte es schon immer gewusst und instinktiv gespürt, es kam darauf an, ob man sich eine Behandlung gefallen liess.

«War es sein Kind?», fragte Ida vorsichtig. Lioba zuckte mit den Schultern.

«Wer von uns kann schon sagen, von wem ein Kind ist?» In ihrem Innersten war sie sich jedoch sicher. Sie hatte nicht nur sein Kind, sondern offensichtlich auch die Zuneigung und Liebe zu Veit verloren. Es stimmte sie traurig, aber sie war gleichzeitig auch erleichtert, wie von einer Last befreit. Sie versuchte sich aufzurichten, merkte, dass ihr schwindlig wurde, und sank wieder aufs Strohlager zurück.

«Morgen wird es mir bestimmt besser gehen», meinte sie zuversichtlich, aber mit gesenktem, nach innen gekehrtem Blick. Es lag eine Traurigkeit über ihr, die sie sich nicht erklären konnte.

«Und warst du wirklich bei der Henkersfrau?», fragte Mechthild neugierig. Lioba nickte.

«Und wie war es?» Lioba schloss müde ihre Augen. Sie wollte nicht davon reden, aber sie wusste, dass die beiden Kolleginnen erst mit einer ausführlichen Erzählung zufriedengestellt sein würden.

«Ich erzähle es euch später vielleicht, wenn ich darüber hinweg bin», versprach sie den beiden mit matter Stimme. Wie gewohnt griff sie nach ihrem Amulett – doch das war nicht mehr da!

«Mein Amulett ist weg! Das ist nicht möglich, habt ihr es?», fragte Lioba entsetzt und aufgeregt.

«Nein, wie gesagt, wir haben dich nicht angerührt.» Bei der Henkersfrau hatte sie es noch angefasst, daran erinnerte sie sich genau. Auch nachher auf dem Strohlager bei den scheusslichen Schmerzen. Blieb nur noch Greta. Ida und Mechthild blickten sich an und dachten dasselbe. Greta musste ihr Amulett entwendet haben, welches sie beschützen sollte – es war nicht mehr da! Bleich, düster und niedergeschlagen lag Lioba auf dem Stroh. Würde sie je wieder auf die Beine kommen? Sie hatte gar keine Lust dazu. Wie schön wäre es gewesen, nie mehr aufzuwachen, dieses Jammertal zu verlassen, das nur Schmerzen und wenig Freude für sie bereithielt.

Lioba brauchte lange, um die Niedergeschlagenheit zu überwinden. Sie schleppte sich durch die Tage, sie kannte sich selbst nicht mehr. Die ganze Unbekümmertheit war wie weggeblasen. Eine unklare Traurigkeit lag über ihr. Sie hatte sich bald schon wieder so weit erholt, dass sie Freier in Empfang nehmen konnte, aber jedes Mal stieg sie mit grosser Angst die Treppe hoch. Was, wenn sie wieder schwanger wurde? Es änderte jedoch nichts an der Tatsache, dass sie eine Dirne war und ihrem Beruf nachgehen musste, um zu überleben. Oft stand sie in der Küche vor dem Feuer, teils weil die Frühlingstage recht kühl waren, aber auch weil sie laufend fror, obgleich die Sonne schien. Mit Veit wollte sie nichts mehr zu tun haben, wenn er kam, fand sich zum Glück stets eine andere Lösung, meist war sowieso Greta in der Nähe. Mit triumphierendem Grinsen blickte sie dann Lioba von der Seite an. Doch selbst diese Überheblichkeit konnte Lioba nicht treffen. Leichtsinn und Selbstgefälligkeit werden Greta irgendeinmal vergehen, eine gerechte Strafe für ihr Tun muss erfolgen, dachte sie dann und hoffte gleichzeitig, dass sie es noch erleben würde. Sie mag ein oder zwei Jahre jünger sein, sieht jedoch älter aus als ich, tröstete sie sich, und wenn wir dann zu alt sind, landen wir beide bei den Bettlern. Auch Greta blickte sie manchmal abwägend an, so als ob sie auf etwas warten würde. Hatte sie noch nicht genug? Lioba quälte sich durch die Tage, ihr Dasein schien ihr ungewiss, einsam und öde. Sogar im Haus und in der Küche hatte sie ein Gefühl der Unsicherheit und Angst, solange Greta da war. Das Einzige, was Lioba wirklich vermisste, war das Amulett, nicht nur, weil es sie vor den Teufeln geschützt hatte.

Eines Abends stand sie wie gewohnt am Feuer in der Küche, einen brennenden Kienspan in der Hand, um mit dem Licht nebenan schlafen zu gehen. Greta, Ida und Mechthild waren im oberen Stock mit ihren Freiern beschäftigt. Lioba dachte dankbar, dass kein weiterer Freier gekommen war und sie einen freien Abend hatte. In diesem Moment trat doch noch ein kräftiger, breitschultriger Mann in die Küche. Er hatte getrunken, und seine Augen waren mit Blut unterlaufen. Er war vielleicht ein sanfter, gutmütiger Kerl, aber der Alkohol hatte ihn verändert. Er blickte sie wild an, seine Backenknochen traten stark hervor. Ohne zu zögern, nahm er ihr das Licht aus der Hand, stellte sich vor sie hin und leuchtete mit dem Kienspan, um sie zu betrachten und sich an ihrem Anblick zu erfreuen. Dann nickte er zufrieden.

«Komm, Weib, dich brauch ich jetzt», rief er angeheitert, seine Stimme klang eisern und herrisch. Er packte ihren Arm und zerrte sie ungeduldig und gierig gleich in den Schlafraum hinter der Küche auf ihr Strohlager. Lioba war wie erstarrt. Er hielt immer noch den brennenden Kienspan in der Hand, doch als er sie auf das Lager niederwarf, liess er das brennende Licht fallen. Sofort schlug eine Flamme empor, das Stroh hatte Feuer gefangen! Lioba schrie laut auf. Auch der Kerl hatte es bemerkt, erschrocken liess er Lioba los und fuhr auf. Er trug einen dicken Mantel, den nahm er rasch ab und versuchte damit, das Feuer niederzuschlagen. Lioba rannte in die Küche und holte den Krug mit Wasser, während der Kerl weiter mit dem Mantel auf die Flammen einschlug. Ohne sich um ihre Verbrennungen zu kümmern, versuchten beide das Feuer zu ersticken. Das half. Die Vorstellung, dass die Flammen auf das Haus übergreifen könnten, verlieh ihnen ungeahnte Kräfte, sie schlugen mit ihren Kleidern auf die Glut und hofften, dass keine weiteren Flammen hochschiessen würden. Käfer und Spinnen begannen über den Fussboden zu laufen, um vor der Hitze zu fliehen. Rauch und ein fürchterlicher Brandgeruch lagen in der Luft.

«Hilfe!», schrie Lioba aus voller Kehle, «Hilfe, es brennt! Hilfe!» Endlich hörten sie die andern vom oberen Stock die Treppe herunterrennen – und Lioba sank erleichtert zu Boden. Sie wusste nicht, was sie in diesem Augenblicke fühlte, war sich nicht bewusst, dass sie am Boden lag, und dass Fetzen in der rauchigen Luft umherflogen. Ihr rechter Arm schmerzte. Die ersten Flammen waren in ihrer Richtung aufgeschossen und sie hatte sich offensichtlich daran verbrannt. Ihre rechte Hand war verletzt, aber sie konnte die Finger noch bewegen. Die Schmerzen waren fast unerträglich, doch sie war dankbar, dass es nicht schlimmer gekommen war. Ihre Kleidung hingegen hatte schwer gelitten, war angeschwärzt und zerrissen und wohl nicht mehr zu gebrauchen. Oder würde sich der Brandgeruch auswaschen lassen? Während sie da lag, hatte sie nur einen Gedanken, dass sie der Frauenwirt nun zum Teufel jagen würde. Sie fühlte sich schuldig, obwohl sie gegen den kräftigen Kerl nichts hätte ausrichten können. Mit belegter, kläglicher Stimme versuchte sie, sich zu rechtfertigen.

«Ich kann nichts dafür, er hat mich einfach gepackt, ich konnte mich nicht wehren.» Sie selbst zweifelte keinen Augenblick daran, dass es Gretas Fluch war, der das Ganze verursacht hatte. Die andern redeten alle durcheinander vor Aufregung, niemand hörte ihr zu. Plötzlich waren da viel zu viele Menschen, Lärm und Gedränge im engen Raum. Es herrschte ein heilloses Durcheinander. Und dazu dieser beissende Rauch. Nur Greta warf ihr einen spöttischen, verschlagenen Blick zu. Lioba konnte das überhebliche Gesicht kaum ertragen. Unmöglich, dass es irgendeinmal freundlicher werden würde. Ida hingegen stand da mit hängenden Armen und sagte ein ums andere Mal leise und ängstlich:

«Es wird nicht aufhören. Sie hat dich verflucht. Von Pech und Schwefel und Feuer hat sie damals gesprochen, ich habe es genau gehört. Sie ist an allem schuld, nur sie! Hier bleibe ich nicht mehr, keine Stunde länger.» Lioba stimmte ihr zu. Das Entsetzen hielt sie gefangen Sie musste irgendwo ganz neu beginnen, weit weg von Greta, sobald ihre Wunden versorgt waren und sie sich eine halbwegs anständige Kleidung beschafft hatte. Mehr brauchte sie nicht. Nur ihre Hand schmerzte unerträglich.

«Morgen solltest du einen Bader aufsuchen in der Badstube, er wird dir helfen können», meinte Mechthild und betrachtete stirnrunzelnd die verbrannte Stelle, an der sich Blasen gebildet hatten. Lioba starrte hilflos darauf und schüttelte den Kopf.

«Nein, ich will nur weg hier, einfach nur weg. Kummer, Unglück und Schlimmeres spuken an diesem Ort, gotteslästerliche Gedanken.» Der angetrunkene Kerl hatte durch den Schrecken seinen Verstand wiedergewonnen. Er wischte sich die Stirn und blickte schuldbewusst auf Lioba.

«Ich bin Schiffer. Ich kann dich mitnehmen, wenn du wegwillst, rheinabwärts bist du rasch in einer anderen Stadt. Ich denke, ich bin dir das schuldig.» Der Frauenwirt Burchard fuhr sich aufgeregt durch die Haare und blickte grimmig drein.

«Herr im Himmel, das hätte schief gehen können. Ich darf gar nicht daran denken. Ich habe doch deutlich verboten, einen Kienspan in die Schlafkammer mitzunehmen. Meine Geduld ist erschöpft, ich habe endgültig genug von euch Weibsbildern – von euch allen zusammen», herrschte er sie an. «Macht, dass ihr verschwindet. In drei Tagen will ich keine mehr von euch sehen.» Greta protestierte, sie sei vollkommen unschuldig. Ihr ganzes Gesicht hatte sich verändert, es zeigte nichts Einnehmendes mehr. Auch Mechthild meldete an, dass sie im oberen Stock gewesen sei. Aber der Frauenwirt blieb bei seiner Meinung. Er schüttelte unnachgiebig seinen Kopf, hob das grosse, breite Kinn mit den Speckfalten und blickte sie grimmig an. Auch der Schiffer mischte sich ein:

«Nein, in diesem Fall habt Ihr, weiss Gott, unrecht. Ich will alles erzählen. Ich will jetzt den ganzen Hergang erzählen.» Doch der Frauenwirt schrie in vorwurfsvollem Ton und übertönte jedes Argument:

«Es nützt nichts, keine Diskussionen! Ich will mit niemandem von euch je wieder etwas zu tun haben. Ihr seid alle entweder verhext oder schusselig oder überheblich. Ich will euch Frauen nicht mehr sehen, alle vier, und nichts mehr von euch hören.» Mechthild liess sich nicht beeindrucken.

«Jetzt hat er endlich auch gemerkt, dass mit Greta etwas faul ist. Doch ich glaube, dass er wohl schon länger einen Vorwand gesucht hat, uns vier Frauen auszuwechseln und mit jüngeren zu ersetzen.» Da bückte sich der Schiffer plötzlich, sein spähender Blick hatte etwas entdeckt. Er wischte ein wenig von der dunklen Asche auf die Seite – da lag tatsächlich Liobas Amulett! Welch ein unerwartetes Glück. Der Bernstein hatte das Strohfeuer ohne sichtbaren Schaden überstanden. Lioba nahm ihn dankbar entgegen und blickte dabei zu Greta. Sie wusste genau, dass diese das Amulett unter dem Stroh verborgen haben musste. Ich bin nicht so dumm, wie sie glaubt, dachte sie, natürlich steckt sie dahinter.

«Ich habe es auch satt, hier zu sein», rief Lioba laut, während sie das Amulett umklammerte. Sie wandte sich dem Schiffer zu. «Könnt Ihr mich wirklich mitnehmen?» Der Kerl schaute immer noch zerknirscht, kratzte sich am Kinn und meinte seufzend:

«Aber ja. Ich bin froh, wenn ich damit etwas wiedergutmachen kann. Mein Schiff liegt am Rheinufer. Wenn du mitfahren willst, kannst du gleich mitkommen.» Lioba riss die Augen auf.

«Ihr meint jetzt gleich?», entgegnete sie zweifelnd und immer noch verstört.

«Ich schlafe auf dem Schiff, und für dich hat es auch noch Platz, da kannst du gut unterkommen.» Er stand wartend da. «Sobald die Sonne aufgeht, fahre ich los. Und hier kann man sowieso nicht schlafen, alles riecht verbrannt – und dein Strohlager gibt es ja gar nicht mehr.» Lioba betrachtete den Aschehaufen und lachte irritiert auf. In Wirklichkeit hielt sie hier gar nichts mehr.

«Gut… gehen wir», stammelte sie tapfer und schaute dabei niemanden an. Der Frauenwirt erhob jedoch Einspruch und wandte sich an den Schiffer.

«Einen Augenblick. Wir wollen zuerst noch etwas klarstellen: Ihr werdet doch nicht die Unkosten verweigern wollen?» Der Schiffer lachte trocken auf.

«Zuerst wollt Ihr mich nicht anhören, und nun wollt Ihr allen Ernstes Geld von mir? Da könnt Ihr lange warten. Ich bin froh, mit dem Leben davongekommen zu sein. Und schaut meinen Mantel an, er ist kaum mehr zu gebrauchen, weil ich damit das Feuer erstickt habe. Keinen einzigen Basler Batzen werde ich bezahlen.» Er blickte sich im düsteren, verrauchten Raum um. «So gross kann der Schaden ja nicht sein, ausser dem bisschen Stroh, das verbrannt ist, ist alles noch erhalten, auch das Haus steht noch. Und geputzt werden muss dieser Raum sowieso einmal.» Damit drehte er sich um und verschwand in der Dunkelheit. Lioba war klar, wenn sie länger zögerte, würde sie es nicht schaffen, zu gehen und es nachher bereuen. Eine solche Gelegenheit kam nie wieder. Sie blickte zu Mechthild und Ida, hob die Hand und nickte ihnen zu. Dann entfloh sie kurz entschlossen dem Schreckensort, an welchem sie Stunden voller Angst zugebracht hatte. Mitzunehmen habe ich nichts, was ich an Kleidern hatte, ist verbrannt, doch mein Amulett ist dafür wieder da. Mutig und kerzengerade schritt sie aus dem Freudenhaus, beschleunigte ihre Schritte, lief dem Schiffer nach und liess die anderen sprachlos zurück. In den Gassen herrschte tiefe Stille um die alten Häuser. Während sie im Dunkeln mit unsicheren Schritten dem Schiffer folgte, wuchs die Angst vor dem, was vor ihr stand. Ich weiss nicht, was für ein Mensch dieser Schiffer ist, ich weiss nicht, wohin die Reise geht, dachte sie, aber sicher wird es an einem neuen Ort besser werden, es kann nur besser werden. Ohne sich noch einmal umzusehen, lief sie weiter, und sie wusste, niemand würde ihr auch nur eine Träne nachweinen.

Die Luft war kalt, doch es war ein heller Tag, als sie am nächsten Morgen ablegten. Der Schiffer hielt Wort und nahm sie anstandslos mit. Sein breites, hölzernes Gesicht war dem Wasser zugewandt. Seine Hände, mit dicken blauen Adern versehen, zeugten von starker Muskelkraft, genauso wie seine breiten Schultern und die Muskeln am Oberarm. Er sieht nicht übel aus, wenn er nüchtern ist, dachte Lioba und betrachtete ihn, seine beherzte, trockene Art gefällt mir, ich hätte es schlechter treffen können. Wenn sie nur wüsste, was sie erwartete, wie es weitergehen würde. Zuerst hiess es für sie nun aber Abschied nehmen. Sie schaute auf die Häuserfront am Ufer, auf die Kirchen und Türme der Stadt. Wie viel Kummer und Elend waren mit der Stadt verbunden, verpasstes Glück und zu Grabe getragene Hoffnungen! Vom Ufer aus schaute ein kleines Kind zu, wie der Schiffer das Boot abstiess und winkte fleissig. Lioba wusste nicht, warum ihr dieses Winken so ans Herz ging. Sie kannte das Kind nicht, trotzdem war es dadurch ein besonderer Abschied geworden. Sie nahm wehmütig das Bild in sich auf, während sie rheinabwärts glitten, einer unbekannten Zukunft entgegen. Die Sonne ging auf, der letzte Nebelschleier hob sich, und auf den Wellen des Rheins tanzten Tausende von Funken. Diese Lichtpunkte hatten etwas überaus Trostreiches und Ermutigendes …

Die Sonne strahlte von einem wolkenlosen Himmel. In der milden, weichen Herbstsonne schienen die Schindeldächer der Häuser dunkelbraun. Alle arbeiteten vor ihren Werkstätten im Freien im vollen Bewusstsein, dass dies einer der letzten warmen Tage sein könnte vor dem nahenden Winter. Hunde, Katzen, ja selbst die Hühner sonnten sich in den warmen Strahlen. Berchta sass allein vor dem Fenster am Spinnrad. Sie hatte gerade die Nachbarsfrau verabschiedet, die Gattin des Arztes, als Konrad eintrat und meldete:

«Man hat nach mir geschickt, ich bin von Dietrich an dem Orte vorgeladen. Ich werde nicht lange wegbleiben.»

«Wer ist Dietrich an dem Orte?», fragte Berchta überrascht.

«Er ist der neue Domkantor. Eine sehr wichtige Person am Hof des Bischofs. Er hat eines der höchsten Ämter des Bistums inne. Ich habe keine Ahnung, was er von mir will.»

«Meinst du, er hat einen Auftrag für dich?» Konrad zuckte mit den Schultern.

«Das könnte wohl sein, wer weiss, ich hoffe es wenigstens. Ein neuer Auftrag wäre fällig.»

«Dein Marienlob müsste dem Domkapitel doch aufgefallen sein, Maria ist schliesslich die Patronin des Münsters. Und alle sind des Lobes voll über deine Dichtung.» Konrad nickte nur und machte sich zuversichtlich auf den Weg.

Das Haus des Domkantors am Münsterplatz war rasch erreicht, Konrad wurde empfangen und wartete in einer grossen Halle gespannt darauf, was der Domkantor von ihm wollte. Dietrich an dem Orte war von einnehmendem Äussern, er war gross gewachsen mit dunkel gelockten Haaren, einer hohen Stirn, wachsamen Augen, nur die Lippen wiesen einen etwas stolzen Zug auf.

«Eure *goldene Schmiede* hat mich tief beeindruckt, Meister Konrad. In diesem Marienlob drückt Ihr alle Empfindungen wunderbar aus. Dazu die vielen Symbole, die Rosen, die Tiere – es ist eine nahezu unerschöpfliche Bilderfülle, es zeugt von einem breiten Wissen und Eurer tiefen Verehrung für die Muttergottes.» Konrad verneigte sich respektvoll.

«Ich habe Euch kommen lassen, weil ich Euch einen Auftrag erteilen möchte.»

«Sehr gerne. Denkt Ihr an eine Heiligenlegende?» Dietrich an dem Orte schüttelte den Kopf.

«Nein, diesmal nicht. Die Kirche ist auch Verwalterin des antiken Erbes. Ich habe hier ein Werk, in welchem ich immer wieder lese, weil es von alten Zeiten berichtet. Es ist die Geschichte des Kriegs gegen Troja. Jeder Stand, ob Ritter, König oder Bürger, Frau oder Mann sollten daraus ihre Lehren ziehen, aus dieser unglückseligen Geschichte über Hochmut und Überheblichkeit, die so viele Opfer gebracht hat, und die zeigt, wie alle ihren Reichtum, ihr Leben und ihre Ehre verloren. Es ist ein verbürgter historischer Bericht.» Konrad war verblüfft. Hatte er richtig gehört? Der Domkantor wollte nichts Geistliches?

«Der grosse Krieg der Griechen gegen Troja? Da gibt es Texte von Ovid und Vergil ...» Der Domkantor unterbrach ihn.

«Ich sehe, Eure weitreichenden Kenntnisse gehen auch in diese Richtung, aber die Vorlage, die für Eure Dichtung dienen soll, ist hier der *Roman de Troie.* Ihr werdet sehen, er enthält eine unüberbietbare Stofffülle.»

«*Roman de Troie* scheint französisch. Von wem ist er gedichtet?»

«Von Benoîts de Sainte-Maure. Es wurde auf Französisch verfasst für den englischen Hof von Heinrich II. Plantagenet und seiner Gattin Eleonore von Aquitanien. Es sind etwa dreissigtausend Verse.»

«Oh, das ist weit umfangreicher als alle Quellen, die ich über den Trojanerkrieg kenne.»

«Und deshalb mein Auftrag. Dieses Werk von Benoîts soll als Grundlage dienen für Eure Verse auf Deutsch.

Nehmt Euch Zeit, überstürzt nichts. Es dürfen ruhig ebenfalls dreissigtausend Verse werden oder auch mehr, falls es mir gefällt. Ihr könnt mir von Zeit zu Zeit vortragen, was Ihr gedichtet habt. Aber nach Eurem Marienlob habe ich keine Zweifel, dass ich zufrieden sein werde. Und die Bezahlung soll anständig sein, wie ich es immer handhabe.» Konrad stand wie betäubt. Was für ein Auftrag! Damit war er auf Jahre hinaus beschäftigt, frohlockte er innerlich. Berchta würde staunen. Kaum zurück an der Spiegelgasse, stieg er rasch die Treppe hoch und trat zu Berchta in die Stube. Freudig erregt ging er mit ausgestreckten Händen auf sie zu, um ihr von seinem Gespräch mit dem Domkantor zu berichten.

«Du kannst dir nicht vorstellen, welchen Auftrag ich vom Domkantor erhalten habe. Ich soll den ‹Trojanerkrieg› in deutschen Versen dichten. Die Vorlage ist nicht von Vergil oder Ovid, sondern von einem Benoît de Sainte-Maure. Mindestens dreissigtausend Verse soll es geben.» Berchta begriff das Ausmass und die Wichtigkeit nicht sofort.

«Du weisst, ich kann nicht lesen, und Dichter wie Vergil oder wie sie alle heissen, sagen mir nichts, auch nicht der Trojanerkrieg.»

«Der Krieg gegen Troja ist sehr spannend und vielseitig. Hunderttausend griechische Krieger zogen aus, um die schönste Frau der Welt zu befreien.»

«Eine schöne Frau war der Anlass für den Krieg? Das ist interessant.»

«Nicht nur einfach eine schöne Frau, sondern die schönste Frau der damaligen Welt: Helena. Doch was für uns wichtiger ist, es wird mindestens dreissigtausend Verse geben, so viel sind es in der Vorlage, es wird mich mehrere Jahre beschäftigen, und entsprechend wird auch die Bezahlung sein, denn ein Domkantor lässt sich nicht lumpen. Hier ist schon mal eine erste Anzahlung.» Damit legte er einen gefüllten Geldbeutel auf den Tisch. Berchta nahm ihn in die Hand. Eine regelmässige Einkunft über Jahre, mehr konnte sie sich nicht wünschen. Sie lachte beglückt, wandte sich dann wieder dem Spinnrad zu, drehte am Rad und begann zu summen, der höchste Ausdruck von Freude bei ihrem sonst so sanften, besonnenen Wesen.

Konrad griff nicht nur auf Benoîts Verse zurück, er arbeitete ebenso den Troja-Stoff von Vergil und Ovid in seinen Text ein. Mithilfe all dieser Quellen versuchte er, herauszufinden, wie es zu diesem Krieg gekommen war. Einiges diskutierte er auch mit Johann von Arguel, als dieser ihn besuchte.

«Ich nehme mir die Freiheit, vieles auszuschmücken und dazu zu erfinden, aber es ist nicht freie Erfindung, sondern eine Erneuerung des Vorgefundenen, ich will es neu wachsen lassen und zum Blühen bringen. Ich möchte die inneren Zusammenhänge herausschälen, die zu diesem furchtbaren Krieg geführt haben. Die verschiedenen Quellen, die ich vorliegen habe, sind sich oft nicht einig, berichten sehr unterschiedlich davon. Ich strebe aber eine endgültige Fassung an.»

«Es ist eine Auftragsarbeit, die bezahlt wird, da müsst Ihr Euch doch nicht so ungeheuer engagieren.»

«Nun, ich kenne die Texte schon lange, wir haben bereits im Lateinunterricht damit gearbeitet, und sie haben mich schon immer fasziniert. Es ist also mein ganz persönliches Interesse, mit dieser deutschen Fassung eine möglichst wahre Geschichte Trojas zu schreiben. Und – das ist wichtig – unterhaltsam muss sie trotzdem sein. Ich stecke gerade beim Urteil des Paris.»

«Ihr wisst, ich bin nicht sehr bewandert in der Antike.»

«Es ist eine spannende Szene. Alle Götter sind zu einer Hochzeit eingeladen, nur nicht die Göttin der Zwietracht.»

«Wer will schon Zwietracht unter den Gästen», warf Johann dazwischen.

«Richtig. Die Göttin ist natürlich beleidigt, will sich rächen und wirft unter die feiernden Götter einen goldenen Apfel mit der Aufschrift ‹Der Schönsten›. Nun kommt es zum Streit zwischen Hera, Athene und Aphrodite. Jede will die Schönste sein. Zeus, als höchster Gott, zieht sich klug aus der Affäre und legt das Urteil in die Hand eines Sterblichen: Er bestimmt den jungen Paris, den Sohn des Königs von Troja, als Schiedsrichter. Jede der drei Göttinnen versucht nun, Paris zu bestechen. Hera verspricht ihm die Herrschaft über die ganze Welt, Athene verspricht Heldenmut und Sieg im Krieg, Aphrodite hingegen bietet Paris die Liebe der schönsten Frau der Welt an. Damit gewinnt Aphrodite und erhält von Paris den Zankapfel.» Konrad machte eine Pause, Johann hatte ihm gebannt zugehört.

«Macht weiter. Es ist höchst spannend», forderte er ihn auf.

«Ja, jetzt kommen wir zum entscheidenden Punkt, denn die schönste Frau der Welt, Helena, ist bereits mit Menelaos verheiratet, dem mächtigen König von Sparta. Helena wird nun von Paris nach Troja entführt. Damit wird der Trojanische Krieg ausgelöst, denn Menelaos will sie natürlich wieder zurück. Ihr kennt Euch doch mit Liebesbeziehungen aus. Glaubt Ihr, dass Helena sich ohne Weiteres entführen liess, dass sie sich sozusagen sofort in Paris verliebt hat? Ich will glaubhaft aufzeigen, wie diese Verbindung den Krieg ausgelöst hat.»

«Und Ihr meint, da kenne ich mich aus?», lachte Johann spöttisch, «meine Liebesbeziehungen verursachen keinen Krieg, höchstens Neid oder gebrochene Herzen.»

«Gut, wenn Ihr meint. Dann gilt die gleiche Frage auch für die Geschichte von Jason und Medea. Diese Beziehung beginnt als höfische, aber auch gefährliche Brautwerbung. Jason wendet sich dann während der langen Abwesenheit von Medea einer neuen Frau zu, sodass Medea sich rächt, denn sie verfügt über besondere, faszinierende Künste, fast schon in den Sphären des Dämonischen, und sie tötet die beiden.»

«Da wird aber auch gar nichts ausgelassen! Ich kann mir jedoch vorstellen, dass es in Versen geschmiedet sehr spannend wird. Aber meine Erfahrungen in Liebesdingen geht nicht bis zu Mord und Totschlag.»

«Ich weiss, aber es handelt sich dabei um Untreue, Rache und Besitz.»

«Ja, das sind starke Motive, die oft Folgen haben können, genauso wie Liebe und Begehren.»

«Und dazu kommen die Götter, die als mächtige Akteure die Handlung lenken.» Johann zuckte mit den Schultern und stellte nüchtern fest:

«Ach so, wenn die Götter ihre Hände im Spiel haben, dann wird es schicksalshaft. Da braucht Ihr meinen Rat nicht.» Johann holte Atem und meinte besänftigend: «So oder so, es wird sicher ein grossartiges Werk werden. Ich bin aber nicht nur gekommen, um den Fortschritt Eures Werkes zu bewundern und darüber zu diskutieren, sondern weil ich vernommen habe, dass König Rudolf unsern Bischof zum Erzbischof von Mainz erwählt hat.» Konrad hob überrascht den Kopf.

«Unser Bischof Heinrich von Isny wird Erzbischof von Mainz?»

«So ist es. Mich wundert es wenig, auch wenn Heinrich der Gürtelknopf mit seinen mehr als sechzig Jahren recht betagt ist. Er ist ja König Rudolfs Beichtvater, und der König hält auch sonst grosse Stücke auf ihn. Er hat trotz seines Alters scharfe Ohren und an seiner Ernsthaftigkeit ist nicht zu zweifeln. Er war auch immer wieder als Rudolfs Gesandter unterwegs und erst noch mit ihm an der Schlacht auf dem Marchfeld. Und König Rudolf will seine Macht möglichst überall ausspielen. Der Erzbischof von Mainz soll gleichzeitig auch Erzkanzler werden. Damit wird er zum zweitwichtigsten Mann im Land.»

«Ich meine, das Amt des Erzkanzlers sei schon lange mit der Würde des Erzbischofs von Mainz verbunden.» Johann nickte. Beide schwiegen einen Moment, die Hände auf die Knie gelegt. Eine Fliege summte laut und tanzte um Konrads Kopf. Während er sie wegjagte, fragte er plötzlich beunruhigt:

«Meint Ihr, einige der Getreuen werden mitgehen nach Mainz? Daran darf ich gar nicht denken.» Johann schüttelte den Kopf.

«Keine Ahnung, aber ich denke, die Ämter in Mainz sind alle besetzt.»

«Auch das Amt des Domkantors?» Johann schmunzelte.

«Ich sehe, Ihr denkt an Euren Trojanerkrieg. Macht Euch nicht sinnlos Gedanken, selbst wenn der Domkantor nach Mainz ziehen würde, bliebe die Bestellung des Werkes bestehen. Es spielt keine Rolle, wo er residiert. Ihr könnt das fertige Werk auch in Mainz abliefern.»

«Es ist sowieso noch lange nicht beendet. Die dreissigtausend Verse sind zwar längst erreicht, aber ich bin noch keineswegs am Ende angelangt. Doch Ihr habt recht, mit dem Schiff kommt man ziemlich rasch in die Gegend von Mainz.» Johann kratzte sich am Kopf. Ihn beschäftigte etwas anderes.

«Ich frage mich, wer nun bei uns in Basel Nachfolger des Bischofs wird, was denkt Ihr?»

«Auf jeden Fall jemand von der Partei der Sterner, die Zeit, als sie zu König Rudolf hielten, wird er nicht vergessen haben. Und einige Adlige sind unterdessen Domherren geworden, wie es üblich ist.»

«Erinnert Ihr Euch an das letzte Mal, als Heinrich von Isny zum Bischof von Basel ernannt wurde? Die Domherren wählten nämlich nicht ihn, sondern Peter I. Reich von Reichenstein. Doch der Papst verweigerte seine Bestätigung und bestimmte Heinrich von Isny zum Bischof. Wahrscheinlich auf Betreiben von Rudolf von Habsburg.»

«Ja, ich erinnere mich. Und Peter Reich wurde danach zum Trost Domprobst in Mainz.» Johanns Atem ging ein wenig schneller, als er mit der Neuigkeit herausplatzte:

«Genau. Aber das Schicksal spielt weiterhin verrückt bei Peter Reich, denn wie ich gehört habe, hat das Domkapitel von Mainz genau ihn zum Erzbischof gewählt.»

«Nicht Heinrich von Isny? Das ist ja … das ist unglaublich. Und der Papst hat den Domherren ihre Wahl wiederum verweigert? Es ist doch nicht mehr derselbe Papst, wie beim letzten Mal, oder?»

«Nein, da gab es mehrere dazwischen, damals war es Gregor X., nun ist es Honorius IV. Doch es geht genauso zu wie beim letzten Mal. Der Papst hat Heinrich von Isny zum Erzbischof von Mainz auserkoren, wiederum ausdrücklich gegen die Wahl der Domherren.» Er lächelte munter und kreuzte die Arme. «Dasselbe perfide Spiel nochmals. Das hat mit besonderen Fähigkeiten oder Frömmigkeit nichts zu tun, das ist reine Politik. Da hat bestimmt König Rudolf von Habsburg wieder mitgemischt.»

«Oder es ist Magie. Heinrichs Aufstieg vom Sohn eines Bäckers zum Bettelmönch und zum ersten Bischof des Reiches setzt mich jedenfalls in Erstaunen. Man verdächtigt ihn schon länger der Magie.»

«Immer wenn man etwas nicht erklären kann, wird es so ausgelegt. Doch das ist dummes Geschwätz. Ich sage, es hat nichts mit Magie zu tun, sondern es ist reine Politik. Rudolf von Habsburg will einen Vertrauten an den wichtigen Stellen, überall da, wo es ihm etwas bringt.»

«Und was wird jetzt aus Peter I. Reich von Reichenstein? Womit wird man ihn diesmal abfinden?», fragte Konrad neugierig. Johann zuckte mit den Schultern.

«Am Schluss wird er noch Bischof von Basel. Es würde mich nicht wundern.» Beide lachten.

«Das glaube ich nun wirklich nicht. Das wäre ja …»

«Wie gesagt, so läuft es immer ab. Nie so, wie die Domherren wählen. Dabei denkt man immer, und predigt es auch, dass der Stand der Dinge geordnet sei für alle Zeiten. Und Gottes weiser Ratschluss …»

«… gilt offensichtlich nicht, solange im Hintergrund Rudolf von Habsburg die Fäden zieht.» Johann fühlte sich in seinem Denken bestätigt. Fast wütend meinte er:

«Rudolf von Habsburg hegt die adelige Idee, dass es stets nach seinem Willen gehen muss, damit seine Macht und sein Vermögen vergrössert wird.» Konrad nickte bedächtig. Dagegen liess sich nicht viel sagen, eigentlich gar nichts.

«Es ist trotzdem Gottes unergründlicher Ratschluss.»

Johann von Arguel sollte recht bekommen: Peter I. Reich von Reichenstein wurde tatsächlich zum Bischof von Basel ernannt. Er wurde ein guter Bischof, der sich sehr um die Belange des Münsters und der Stadt kümmerte.

Konrad stand an seinem Lieblingsplatz am Fenster und blickte selbstversunken auf den Rhein, auf das ständig fliessende Wasser, die stetigen Veränderungen, trotz der ruhig scheinenden Oberfläche. Obwohl immer in Bewegung, floss der Rhein nun im Sommer deutlich langsamer, ruhiger, wandelte sich weniger rasch, der Himmel spiegelte sich darin, aber das Wasser trieb weiter und immer weiter. Während seine Augen dem Wasser folgten, wartete Konrad auf eine Eingebung, wie es schon so oft vorgekommen war, wenn er auf das Wasser geblickt hatte. Aber sein Kopf blieb leer, er konnte keinen klaren Gedanken fassen. Er fühlte sich immer weniger auf der Höhe seiner Kraft. Über vierzigtausend Verse hatte er schon gedichtet für seinen Trojanerkrieg, eine gewaltige Leistung, er hatte sich selbst übertroffen.

Berchta sass mit einer Handarbeit daneben, still und genügsam, wie sie immer schon gewesen war, während Konrad sich vom Fenster abwandte und begann, in der Stube hin- und herzulaufen.

«Ich bin immer noch nicht am Ende meines Trojanerkrieges angelangt, doch ich fühle mich müde und ausgelaugt – was ist nur los mit mir?», fragte er verzweifelt. Berchta bedeutete für ihn eine feste, unverzichtbare Stütze, die sich selbst niemals schonte, eine unentbehrliche Gehilfin und fürsorgliche Anlaufstelle für jegliche Sorgen und Nöte. Sie legte die Handarbeit in den Schoss und sah ihn an.

«Du hast nie gut geschlafen, wenn du einen Auftrag hattest. Allerdings dauert dieser Trojanerkrieg nun schon sehr lange, viel zu lange in meinen Augen. Man kann nicht jahrelang ohne Pause dichten, meinst du nicht?» Er machte eine Handbewegung, als wolle er ihre Frage beiseiteschieben.

«Ich dichte immer, auch wenn ich keinen Auftrag habe, das weisst du doch. Aber jetzt kann ich mich kaum mehr konzentrieren, schlafe nachts nicht mehr richtig, weil sich meine Gedanken stets um den Trojanerkrieg drehen. Die Stunden zwischen dem Horn des Turmbläsers dehnen sich endlos wie eine schwarze Ewigkeit, es ist unerträglich. Dabei bin ich sehr müde, doch in meinem Kopf dreht und reimt es sich unentwegt. Fast wie im Fieber sehe ich Bilder vor mir. Ich träume nicht, ich bin hellwach und versuche mich abzulenken, lausche begierig auf irgendeinen Ton, das Knarren des Bodens oder den Laut des Windes, oder – das ist dann eine der glücklichen Stunden, ein kleiner, flüchtiger Zauber – den Gesang einer Nachtigall. Ich denke und dichte träumend weiter, wache wieder schweissgebadet auf, sehe das bleiche Morgenlicht langsam kommen, merke, dass ich Kopfschmerzen habe, und hoffe immer, doch noch zur Ruhe zu kommen, falle dann in einen dünnen Halbschlaf und fühle mich am Morgen ganz zerschlagen. Und dabei bin ich, und das ist das Schlimmste, keinen Schritt weitergekommen. Das Aufstehen bereitet mir jeweils grosse Mühe.»

«Die Belastung, endlich fertig zu werden, ist zu gross. Vergiss nicht, dass wir nicht mehr die Jüngsten sind, die Haare werden dünn und die Zähne wackeln oder sind längst ausgefallen, und die Arbeitskraft nimmt ab.»

«Ich weiss. Ich merke auch täglich beim Treppensteigen, dass ich über sechzig Jahre alt bin, ich komme immer ausser Atem oben an. Auch die kalten, feuchten Tage machen mir zu schaffen, meine Glieder schmerzen. Und jetzt im Sommer diese unsäglich heissen Tage – da macht mein Körper nicht mehr mit. Ich glaube, dass es langsam zu Ende geht mit mir. Ich werde Johann von Arguel beauftragen, dafür zu sorgen, dass an meinem Todestag in Zukunft eine Messe gelesen werden soll, und natürlich auch für dich und die Mädchen.» Berchta erschrak. Sie stand rasch auf und trat näher an ihn heran.

«Du denkst doch nicht ans Sterben?», fragte sie bestürzt.

«Man muss stets darauf vorbereitet sein. Wir haben ein schönes Alter erreicht, nicht wahr? Unser Leben ist eine Reise zur Ewigkeit, ähnlich wie eine Pilgerfahrt, unsere Heimat liegt im Jenseits. Aber bevor ich sterbe, möchte ich zuerst noch meinen Trojanerkrieg fertigbringen. Ich bin jetzt bei der vierten Schlacht.» Berchta nahm seinen Arm und meinte vorsichtig und mit einem erstaunten Lächeln:

«Hast du denn immer noch nicht genug von all dem Schlachtengetümmel?»

«Die Kämpfe einer Schlacht kann man dichterisch wunderschön ausmalen, es muss wild zugehen, damit es die Zuhörer fesselt, die Blutströme müssen fliessen, dazu gehören viele Kämpfer, die vom Pferd fallen und Leichengeruch. Auch das Töten und Sterben ist in der Dichtung ein prunkvoll inszeniertes Schauspiel. Das findet sich alles auch in meinen Vorlagen, bei Vergil und Ovid. Weisst du», fuhr er begeistert fort, «zuerst schildere ich den Glanz der höfischen Welt, den Glanz einer Welt, die auf die Dauer nicht halten kann, was sie verspricht. Danach schlägt es um in die Katastrophe. Ich suche dabei den Kontrast. Dadurch ergibt sich sehr schön die gewünschte Wirkung.» Berchta schüttelte den Kopf.

«Mir liegt das alles fern. Aber ich weiss schon, dass deine Zuhörer wollen, dass es wild und grausam zugeht.

Vor allem von den kampferprobten Rittern werden alle schlimmen Einzelheiten erwartet. Da braucht es, wie du sagst, Waffengetöse, himmelwärts gerichtete Gesichter mit gebrochenen Augen und Totenklage.» Sie musterte Konrad, er sah wirklich nicht gut aus, trotz seiner Begeisterung schien sein Blick trüb und glanzlos, die Wangen bleich und viel zu schmal.

«Mach doch eine Pause, Kuonze, du führst ein Leben, das keine Ruhe kennt, das ist nicht gut. Beschäftige dich mit etwas anderem, reite aus, es muss ja nicht weit sein, aber ein, zwei Stunden Pause würden dich bestimmt erholen.» Er lächelte. Kuonze hatte sie ihn schon lange nicht mehr genannt. Nach einem tiefen Atemzuge antwortete er:

«Du meinst es gut mit mir, aber nein, das bringt es nicht, das bringt es wirklich nicht! Ich kann mich nirgends erholen, denn mein Kopf ist zu voll. Zuerst muss ich meinen Trojanerkrieg fertig dichten, erst danach habe ich wieder die Gedanken frei und Zeit für andere Dinge. Du weisst, ich kann nicht anders, es treibt mich um, brennt in mir, und wenn ein Vers gelingt, so bin ich wie erlöst. Aber es fehlt noch einiges, noch ein paar Tausend Verse, denke ich. Und der Domkantor wird langsam ungeduldig.» Berchta betrachtete ihn besorgt und fühlte sich höchst unbehaglich. Sein Lauschen auf die richtigen Worte, dieser Drang nach der vielgestaltigen Sprache und sein Suchen nach den idealen Versen wird mir immer ein Geheimnis bleiben, dachte sie, es ist eine

Tollheit und lässt mich staunend und hilflos zurück. Doch seine Gedanken über einen baldigen Tod gefallen mir gar nicht. Noch nie hat er vom Sterben geredet, und auf einmal denkt er bereits an die Totenmesse.

Das Tageslicht begann aus dem Zimmer zu schwinden, und auf den bewölkten Tag folgte die trübe Dämmerung.

«Es ist Zeit, schlafen zu gehen», murmelte sie. Beunruhigt und voller Zweifel begab sie sich zu Bett, legte sich neben Konrad und löschte das Talglicht. Lange konnte sie nicht einschlafen. Sie hätte gerne jeden seiner Atemzüge bewacht. Still und voller Sorgen lag sie neben ihm, bis sie einschlief.

Am nächsten Morgen wachte Konrad nicht mehr auf, sein Herz hatte aufgehört zu schlagen. Auf dem Tisch lag die unfertige Arbeit, über vierzigtausend Verse. Berchta betrachtete sinnend den Stoss von beschriebenen Pergamentblättern, nahm einige in die Hand, legte sie wieder hin und dachte dabei traurig: Sein Glück und seine Zufriedenheit hingen vom Dichten ab. Es hat ihn aufgebraucht. Das innere Feuer hat seinem Leben Glanz verliehen, es hat aber auch angefangen, ihn immer mehr zu verzehren. Nun wird sie nie mehr singen, meine Nachtigall …

Werkliste von Konrad von Würzburg

- *Der Welt Lohn*
- *Silvester*-Heiligen-Legende
- *Alexius*-Heiligen-Legende
- *Pantaleon*-Heiligen-Legende
- *Partonopier und Meliur* (beruhend auf dem altfranzösischen Roman *Partonopeus de Blois*)
- *Engelhard*
- *Klage der Kunst*
- *Konrad Axspitz*
- *Herzmäre*
- *Die halbe Birne* (Autorenschaft Konrads umstritten)
- *Heinrich von Kempten*
- *Der Schwanritter*
- *Turnier von Nantheiz*
- *Die goldene Schmiede* (Marienlob)
- *Trojanerkrieg* (durch den Tod mit 40 000 Versen fragmentarisch geblieben und zu Anfang des 14. Jahrhundert durch einen anonymen Autor mit weiteren rund 10 000 Versen zum Abschluss gebracht, gehörte zu den meistgelesenen Werken seiner Zeit)
- Hinzu kommen 23 Minnelieder und religiöse wie auch weltliche Spruchdichtung.

Bekannte **Auftraggeber** der Basler Zeit waren:

Der Dompropst **Lüthold I. von Rötteln** für die *Silvester*-Legende

Der Ratsherr **Johannes von Arguel** für die *Pantaleon*-Legende

Der Ritter **Peter Schaler** für den Roman *Partonopier und Meliur*

Die Ratsherren **Heinrich Iselin** und **Johannes von Bermeswil** für die *Alexius*-Legende

Der Domkantor **Dietrich an dem Ort** für den *Trojanerkrieg.*

In den Colmarer Annalen wird zwischen dem 8. und 22. Oktober 1287 von seinem Tod berichtet:(*Obiit Cuonradus de Wirciburch, in Theutonico multorum bonorum dictaminum compilator* [Es starb **Konrad von Würzburg,** ein Bearbeiter vieler guter Gedichte in deutscher Sprache]). Bis dahin wurde in keiner anderen erhaltenen lateinischen Chronik der Tod eines deutschsprachigen Dichters erwähnt.

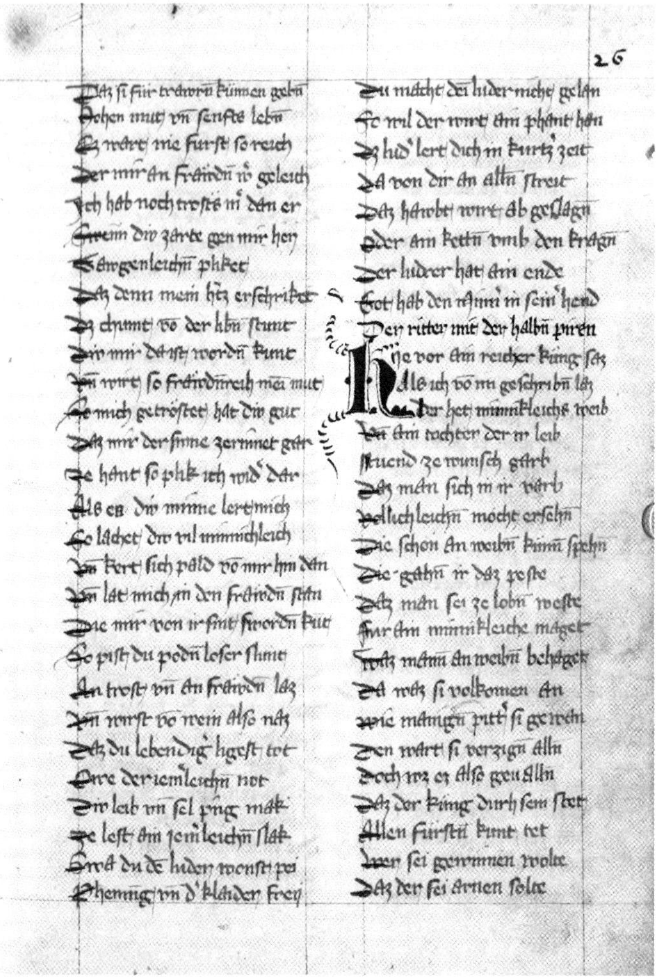

Die halbe Birne, erste Seite, in Sammelhandschrift, Innsbruck 1393

Konrad von Würzburg (ca. 1225–1287)

- geboren in Würzburg um 1225, verheiratet mit Berchta, Töchter Gerlina und Agnes
- ab ca. 1260 in Basel wohnhaft an der Spiegelgasse (heute Augustinergasse, wahrscheinlich die Nr. 13)
- Konrad von Würzburg stirbt am 31.8.1287, begraben in der Maria Magdalenen-Kapelle des Münsters (Grabstein nicht erhalten)

Basler Ereignisse während der Zeit, in welcher der Roman spielt

Basel hat ca. 7000–8000 Einwohner, die Stadtmauer (die sog. innere) verläuft entlang Petersgraben, Leonhardsgraben, Kohlenberg, Steinenberg, St.Alban-Graben

1262	Heinrich III. von Neuenburg wird Bischof von Basel
1263	Mit der ersten Verfassung, der sogenannten Basler Handfeste, die Bischof Heinrich von Neuenburg der Stadt übergibt, wird festgelegt, dass ein Stadtrat und ein Bürgermeister gewählt werden dürfen
1265	Bürgerspital an der oberen Freien Strasse gegründet
1265/1266	Leonhardsbrunnwerk und Münsterbrunnwerk erstellt
1269	Predigerkirche der Dominikaner von Albertus Magnus neu eingeweiht
1271	Die Sterner als Anhänger Habsburgs aus der Stadt vertrieben
1272/73	Belagerung durch Rudolf von Habsburg, St. Johanns-Vorstadt niedergebrannt

1.10.1273	Rudolf von Habsburg zum König des Heiligen Römischen Reiches gewählt
1274	Hochwasser (29.6.). Kloster Klingental gegründet. Bischof Heinrich von Neuenburg gestorben
1275	Heinrich IV. von Isny genannt Gürtelknopf wird Bischof von Basel
1276	Kloster der Augustiner an der Spiegelgasse (heute Augustinergasse) gegründet
1277	Bäume auf dem Petersplatz gepflanzt
26.8.1278	Schlacht auf dem Marchfeld, Rudolf besiegt Ottokar, Bischof von Basel mit 100 Baslern mit dabei
16.2.1281	Königin Getrud Anna stirbt in Wien und wird im Basler Münster begraben
20.12.1281	Hartmann, Sohn Rudolfs, ertrinkt bei Breisach im Rhein, im Basler Münster beigesetzt
1284	König Rudolf heiratet in Basel die 14-jährige Isabella von Burgund
1286	Der Basler Bischof Heinrich von Isny wird Erzbischof von Mainz, Peter I. Reich von Reichenstein wird sein Nachfolger in Basel

Bibliografie (Auswahl)

Rüdiger Brandt, Konrad von Würzburg, 1989

Susanne Bruggmann (Hrsg.): Das ritterliche Basel, Zum 700. Todestag Konrad von Würzburg. Basel 1987

Gert Hübner, Seraina Plotke, Stefan Rosmer: Ein grosser Basler Dichter: Konrad von Würzburg, in: Mittelalter, Wissenschaftsmagazin der Universität Basel, 124, Sept. 2014, S. 33–35

Die Kunstdenkmäler des Kantons Basel-Stadt, Altstadt Grossbasel I, Bern 2006

Paul Kölner: Unterm Baselstab, Band 1 und 2, Basel 1918 und 1922

Werner Meyer: Turniere im alten Basel, Stadtbuch 1970

Werner Meyer: Haferbrei und Hellebarde, Leben im Mittelalter zwischen Alltag und Krieg, Oppenheim 2021

Stadtgeschichte Basel, Band 3: Stadt in Verhandlung, 1250–1350, Basel 2024

Markus Stock: Konrad von Würzburg, Ein Handbuch, Berlin/Boston 2023

https://altbasel.ch/fussnoten/isny.html

https://altbasel.ch/downloads/altbasel_galgen-gellert.pdf

https://www.hmb.ch/fileadmin/a/hmb/dateien/pdf/basler-kostbarkeiten/HMB-40-Der-Basler-Pantalus.pdf

https://de.wikisource.org/wiki/Seite:Wackernagel_Geschichte_der_Stadt_Basel_Band_1.pdf/112

Bildnachweis

Titelbild: iStock

S. 17: Foto von Helen Liebendörfer

S. 44: Codex Manesse, fol. 383r,
Meister Konrad von Würzburg. Gemeinfrei

S. 51: Foto von Helen Liebendörfer

S. 56: Foto von Helen Liebendörfer

S. 91: © Burgerbibliothek Bern. Spiezer Chronik um 1483.
Bild: e-codices bbb@burgerbib.ch

S. 98: Foto von Helen Liebendörfer

S. 144: ©Historisches Museum Basel, Peter Portner

S. 171: Foto von Helen Liebendörfer

S. 240: Codex 2885 Wien, Österreichische
Nationalbibliothek, f.26r. Gemeinfrei

AUTORIN

Die Baslerin Helen Liebendörfer setzt mit ihrem zehnten historischen Roman «Die einsame Nachtigall» ihre erfolgreiche Reihe fort. Sie ist zudem als Stadtführerin und Dozentin der Volkshochschule Basel sowie als Autorin zahlreicher Stadtführer bekannt. Für ihr Engagement erhielt sie im Jahr 2008 den Ehrendoktor der Universität Basel sowie im Jahr 2018 vom Sperber-Kollegium die Auszeichnung «Ehrespalebärglemere» verliehen.

Nicht ohne Regenschirm
Unverheiratete Frauen im 19. Jahrhundert mussten überall in der Familie einspringen, wo es nötig war. So auch Charlotte Kestner, Tochter von Goethes Lotte («Die Leiden des jungen Werther»). Sie kam mit zwanzig Jahren nach Thann im Elsass zu ihrem verwitweten Bruder Carl, dem sie über vierzig Jahre den Haushalt führte und dessen Kindern sie die Mutter ersetzte. Später lebte sie in Basel, wo sie noch während rund dreissig Jahren im Haus zum Kirschgarten wohnte.

240 Seiten, 2024
kartoniert
CHF 24.80
ISBN 978-3-7245-2726-8

Weitere Bücher im Friedrich Reinhardt Verlag

Thomilin und sein Weib –
Thomas Platter und seine Frau Anna

Seit Jahrhunderten erzählt man von Thomas Platter und seinem märchenhaften Aufstieg vom armen Walliser Hirtenknaben zum Rektor des Humanistischen Gymnasiums in Basel. Weniger oder gar nichts wird dabei von seiner Frau Anna berichtet, obwohl sie 43 Jahre lang mit ihm verheiratet war und an seinem Aufstieg wesentlichen Anteil hatte.

318 Seiten, 2019
kartoniert
CHF 24.80
ISBN 978-3-7245-2359-8

Ja und Amen?

«... und doch warst du in all den Tagen die, die am besten mich verstand», schreibt Hermann Hesse in einem Gedicht über seine Mutter. Wer war diese Frau, die ihn so gut verstand? Je mehr man sich mit dem Leben von Marie Hesse auseinandersetzt, desto vielschichtiger wird das Bild. Basierend auf Briefen, Tagebüchern und Berichten wird in diesem Roman Authentisches und Fiktives verbunden, wobei die Lebensstationen und Erlebnisse von Marie Hesse möglichst genau nachvollzogen sind.

272 Seiten, 2017
kartoniert
CHF 24.80
ISBN 978-3-7245-2231-7

Hansdampf in allen Gassen

Zu den bekannten Schweizer Auswanderern des 19. Jahrhunderts gehört Johann August Sutter, auch «General Sutter» oder «Kaiser von Kalifornien» genannt. Im Jahr 1834 flüchtet er hochverschuldet und ohne seine Familie nach Amerika. Wie verlief Sutters Leben, bevor man Gold auf seinem Land fand? War er wirklich der edle Pionier, dem durch den Goldrausch alles genommen wurde?

296 Seiten, 2016
kartoniert
CHF 24.80
ISBN 978-3-7245-2151-8

Weitere Bücher im Friedrich Reinhardt Verlag

Basel, die verzauberte Stadt.
Ein spielerischer Spaziergang für Kinder
Auf einem Spaziergang durch die Stadt können die Kinder aktiv ins Geschehen miteingebunden werden. Für Kinder zwischen fünf und zehn Jahren.

48 Seiten, 2006
mit 21 Farbfotos und Stadtplan
Hardcover
CHF 19.80
ISBN 978-3-7245-1380-3

Spaziergang zu berühmten Gästen in Basel
Die Stadtführerin nimmt die Leserinnen und Leser zu berühmten Gästen in Basel mit – von Kaiser Heinrich II., Paracelsus, Faust und Napoleons Gemahlin Marie-Louise bis hin zu Dostojewski und Gustav Adolf von Schweden.

76 Seiten, 2011
farbig bebildert
kartoniert
CHF 19.80
ISBN 978-3-7245-1704-7

Weitere Bücher im Friedrich Reinhardt Verlag

Basel und seine Bäume
Das reich bebilderte, grossformatige Buch bietet den Lesern spannendes Hintergrundwissen zu den 26 000 Bäumen, die in Basel von der Stadtgärtnerei gepflegt werden. Wie schützt man die Bäume zwischen Asphalt und Strassenarbeiten? Wie stark beeinflussen sie unser Stadtklima im Sommer? Was geschah unter der Gerichtslinde und wie sehen Kinder unsere Stadtbäume? Wissenswertes von damals und heute haben die Autorin Helen Liebendörfer und der Leiter der Stadtgärtnerei Basel Emanuel Trueb zusammengestellt. Auch 30 besonders interessante Bäume in Basel werden der Leserin und dem Leser einzeln in Wort und Bild vorgestellt. Das Buch ist durch QR-Codes mit einer App und Website verknüpft.

192 Seiten, 2022
Hardcover
CHF 38.–
ISBN 978-3-7245-2499-1

Weitere Bücher im Friedrich Reinhardt Verlag

Des Kaisers neue Socken
Der Roman spielt im 15. Jahrhundert und beschreibt das Leben des erfolgreichen Diplomaten und Apothekers Henman Offenburg zur Zeit des Basler Konzils.

296 Seiten, 2015
kartoniert
CHF 24.80
ISBN 978-3-7245-2083-2

Carissima mia!
«Carissima mia!» spielt im 19. Jahrhundert und schildert das unstete Leben von Angela Böcklin, der Ehefrau von Arnold Böcklin, ihre jahrzehntelange aufopfernde Tätigkeit an der Seite des Künstlers, mit vierzehn Kindern, vielen Ortswechseln – Rom, Basel, München, Weimar, Zürich und Florenz –, mit Krankheiten, Todesfällen, Entbehrungen und schliesslich auch Erfolg.

312 Seiten, 2014
kartoniert
CHF 24.80
ISBN 978-3-7245-2019-1

Die Frau im Hintergrund
Dieser historische Roman handelt von Wibrandis Rosenblatt, einer bedeutenden Frau des 16. Jahrhunderts. Im Hintergrund ihrer berühmten Ehemänner, den Reformatoren Oekolampad, Capito und Butzer, hat sie wesentlich an den grossen Veränderungen mitgewirkt.

206 Seiten, 2013
kartoniert
CHF 24.80
ISBN 978-3-7245-1875-4

Weitere Bücher im Friedrich Reinhardt Verlag

Spaziergang mit Hermann Hesse durch Basel
Hermann Hesse verbrachte über zehn Jahre in Basel. Als Kind, als junger Mann und schliesslich auch durch seine beiden ersten Frauen waren die Beziehungen zu Basel sehr eng. Auch in einigen Romanen finden sich Begebenheiten, welche in Basel spielen. Es gibt somit viele Gründe, einen Spaziergang mit Hermann Hesse durch die Stadt Basel zu unternehmen.

80 Seiten, 2., bearbeitete Auflage 2024
farbig bebildert
kartoniert
CHF 19.80
ISBN 978-3-7245-1793-1

Nun erst recht!
Matthäus Merian und seine Familie
Mit Matthäus Merian und seiner Familie beleuchtet die Autorin die Zeit des 17. Jahrhunderts. Der in Basel geborene Kupferstecher hat mit viel Geschick seinen Verlag durch die kriegerischen Zeiten geführt. Acht Kinder schenkte ihm seine Frau Maria, zwei Kinder seine zweite Frau Sibylla und fast alle hatten das Talent ihres Vaters geerbt. Berühmt wurden vor allem Matthäus Merian d.J. und Maria Sibylla Merian.

318 Seiten, 2020
kartoniert
CHF 24.80
ISBN 978-3-7245-2434-2

Spaziergang in Basel mit Johann Peter Hebel
Mit viel Gespür für Details führt Helen Liebendörfer den Leser auf den Spuren des grossen Dichters: vom Totentanz zur Petersgasse, vorbei an der Mittleren Brücke und hoch zum Münsterplatz.

65 Seiten, 2010
kartoniert
CHF 19.80
ISBN 978-3-7245-1660-6

Weitere Bücher im Friedrich Reinhardt Verlag

Zum Zeitvertreib – ein Basler Decamerone

Im berühmten Decamerone von Boccaccio gaben zehn Erzähler während der Pestepidemie im Jahr 1348 spannende Geschichten zum Besten, um die Isolation erträglicher zu machen.

In Anlehnung an damals präsentiert die Autorin ebenfalls unterhaltsame Geschichten. Es sind Geschichten aus dem alten Basel, die sich zehn Damen und Herren im Sinne Boccaccios gegenseitig erzählen – wohl per Zoom.

Die Erzählungen und wahren Begebenheiten stammen aus verschiedenen Basler Quellen. Sie berichten von Menschen aus allen Bevölkerungsschichten, sind tragisch und komisch, oft aber auch recht derb, pikant und frivol.

136 Seiten, 2021
kartoniert
CHF 24.80
ISBN 978-3-7245-2498-4

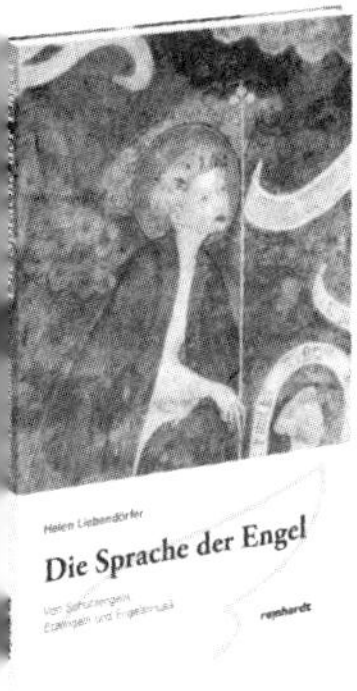

Die Sprache der Engel
Von Schutzengeln, Erzengeln und Engelsmusik

Musik ist die Sprache der Engel und die Engelsmusik war im Mittelalter ein fester Begriff. Seit wann gibt es Engel, wie sehen sie aus und welche Aufgaben erfüllen sie? Diese allgemeinen Betrachtungen über die Engel, ihre spezifischen Aufgaben, ihre Bedeutung und ihre Erwähnung in anderen Kulturen werden ergänzt mit Gedichten von Heinrich Heine, Goethe, Rilke, Jean Paul u.a. sowie mit vielen Bildern von bekannten und weniger bekannten Basler Engeln. Zudem führt auch ein Spaziergang von Engel zu Engel durch die Stadt Basel.

88 Seiten, 2018
farbig bebildert
Hardcover
CHF 24.80
ISBN 978-3-7245-2298-0